家族に愛されなかった私が、辺境の地で

氷の軍神騎士団長に溺れるほど愛されています

vol.1

鳴宮野々花

illustration 春海汐

CONTENTS

Kazokuni aisarenakatta watashiga,
henkyono chide
kori no gunshin kishidancho ni
oboreruhodo aisareteimasu.

第一章　出会い

「お前の両親は莫大な借金を残して死んだんだ。それを私らが肩代わりしてやり、さらにお前という孤児を助けて面倒を見てやる羽目になった。うちにとってこれがどれほどの負担になったか分かるか？　エディット。恩を感じているのなら、お前は我がオーブリー子爵家のために死にもの狂いで働け」

義父となったオーブリー子爵から冷たくそう言い放たれたのは、私が六歳の時。両親が馬車の滑落事故で亡くなったすぐ後のことだった。

幼くして突如愛する両親を失ってしまった私は、孤独と恐怖と絶望の中で、遠縁に当たるこの人の言葉をただ信じ、ついて行くしかなかった。

私がオーブリー子爵家にやって来た時、この屋敷には私より一つ年上の娘がいた。名はアデライド。そして私がここに来てすぐに子爵夫人がもう一人の娘を生んだ。その子はジャクリーヌと名付けられ、二人の姉妹はそれはそれは大切に育てられた。甘やかされ、可愛がられ、そしてまるでその代償のように私だけが疎外され、虐げられて育った。

「両親の借金の分まで死ぬ気で働け」と子爵夫妻は口癖のように私に言い、私は毎日朝から晩まで使用人のように働いた。いや、向こうももうただの使用人としか思っていなかっただろう。アデライドやジャクリーヌが美しいドレスを着て、可愛いお人形を持ち楽しそうに遊んでいる時、私は冷たい水で一生懸命洗濯物を擦り、床を磨いていた。

（……痛い……。指がジンジンする……）

屋敷中の床を磨くのは、幼い私にとって重労働だった。特に寒い季節は指が千切れてしまうのではないかと思うほどに痛い。そんな指で、バケツの中で雑巾をゴシゴシと洗い、力を込めながら必死に絞った。

「うわぁっ！　見てぇお母様！　あたし可愛い？」

「まぁ、とても素敵よアデライド。まるで異国のお姫様のようね」

「ああ、本当だ。よく似合っているじゃないか」

「うふふっ。嬉しーい！　ありがとうお父様！　こんなに綺麗なドレスを買ってきてくれて！」

オーブリー子爵が土産として持ち帰ったドレスやその他の贈り物が、居間の床を磨く私に見せつけるかのように次々と広げられていく。

ジロジロ見てはダメだと分かっていても、アデライドと同じ年頃の私は気になって仕方がない。はぁ、はぁ、と肩で息をしながら床を磨きつつ、暖炉の前でくつろぐオーブリー一家のほうにチラリと視線を送る。

アデライドが鏡の前で新しいドレスを体に当て、キャッキャとはしゃいでいる。

（うわぁ……。いいなぁ。すごく可愛い……）

淡い色味のそのドレスは、ふわふわとした素材の布が幾重にも重ねられた、軽やかで素敵なものだった。ウエストから柔らかく広がるスカートは、まるで妖精が着ているものみたい。子爵夫妻は喜ぶ娘をにこやかな表情で見守っている。

その傍らでは妹のジャクリーヌが、別のプレゼントの包装紙をバリバリと乱暴に破いていた。随分と大きな箱だ。

「ねぇ！　これあけて！　おかあたま」

「ふふ。はいはい。……ほら、どうぞジャクリーヌ。まぁ、見てごらんなさいよ、こんなに大きなクマさんのぬいぐるみよ」

「わぁっ！　しゅごーい！　おっきーい！」

オーブリー子爵夫人が取り出したクマのぬいぐるみを見たジャクリーヌは歓声を上げる。そしてそのふかふかのクマに全身で抱きつくと、キャハハと高い声で笑った。

「きもちいーい！　ねぇ見て！　おねえたま！」

「まぁっ！　本当ね。すごく大きくて可愛いわ！」

アデライドはたった今貰ったばかりのドレスを鏡の前にポイッと放り捨てると、ジャクリーヌのそばに寄っていって同じようにそのクマのぬいぐるみに抱きついた。

「まぁまぁこの子ったら……。もう。いつまで経ってもお行儀が悪いんだから、困ってしまうわね」

そう言いつつも、子爵夫人はアデライドの捨てたドレスを拾い上げクスクスと笑っている。もしも私が同じような振る舞いをしたら一体何度ぶたれることだろう。

それからしばらくプレゼントの開封が続いた。新しい土産が出てくるたびに歓声を上げて取り出す娘たちのほうを、気付けば私はぼうっと見つめてしまっていた。何せ朝早くに固くなったパンの欠片を口にしただけなのだ。お腹がペコペコのまま何時間も体力仕事を続け、もう頭がよく回っていなかったし、床を磨くのもつらかった。

「お父様、お母様、見て！　エディットったらまたサボってるわよ。床磨きを止めて、さっきからずーっとこっちを見てるわ！」

（っ！　……し、しまった……！）

アデライドに指摘された私は、一瞬にして我に返った。オーブリー子爵一家の視線が一斉に私に集まる。慌てて目を逸らし、水の冷たさで真っ赤になった手を懸命に動かしゴシゴシと床を磨く。けれど、視界の端に見えたオーブリー子爵夫人のドレスの裾がこちらに近付いてくるのに気付き、恐怖に体が震えはじめた。

「……お前、また仕事を適当にやっているわね。物欲しげな顔をしてうちの娘たちのプレゼントをジロジロ見て。まさか、盗み出してやろうなんて考えているんじゃないでしょうねぇ？」

「……っ！　い、いいえっ……」

まさか。そんなことするはずがないのに。いくら羨ましくても、私は人の物を盗んだりはしない。天国のお父様やお母様が、私を見ているはずだもの。二人が悲しむような悪いことは、絶対にしないわ。

夫人に向かってきっぱりとそう言う勇気は出なかった。口答えなんかしようものなら、きっといつもよりひどい折檻が待っているはずだから。

けれど夫人は、大人しく口をつぐんだ私の態度でさえも気に入らないようだ。床を磨いている私のあかぎれだらけの手を、突如その高いヒールで思いきり踏みつけた。

「っ‼　いっ……！」

痛いです、止めてください。

思わず叫びたくなるほどの激痛の中そう懇願してしまいそうになり、私は必死で我慢する。

「全く……！　少し目を離すとこれなんだから。何度も言い聞かせてきたはずよ。お前は毎日死にもの狂いで働かなくてはならないの。お前の両親が一体私たちにどれほど迷惑をかけたか分かっているの？　借金を残し、孤児を残し……。せめてお前の働きで、助けてあげた我がオーブリー子爵家に恩を返しなさいとあれだけ言ってきたはずよ。分からないのなら、罰として外に放り出すわよ‼　玄関の外で一晩頭を冷やす⁉　え⁉」

子爵夫人はそう怒鳴りながら、パサパサに傷んだ私の栗色の髪を鷲掴みにし、引っ張った。

「……っ！　ご、ごめんなさい！　ごめんなさいっ……！」

私は何度も謝罪の言葉を口にした。惨めさと恐ろしさ、そしてヒールで踏みつけられたままの手の痛みで、ついに涙がこぼれた。

「あー！　また泣いた！　エディットまた泣いた！」

「もう、あの子って泣けばなんでも許されると思ってるんじゃないの？　鬱陶しいわねぇ」

幼いジャクリーヌが私を指差し、アデライドが冷ややかな眼差しをこちらに向けてそう言った。

オーブリー子爵が不愉快そうな顔をして腕を組み、ソファーにふんぞり返って言った。

「エディット。今夜の食事は抜きだ。それと、屋敷中の床を磨き終わったらカーテンも全て洗濯しろ。

我が家への感謝と謙虚さが足りないお前への罰だ。分かったな」

「……はい。分かりました」

すでにお腹はペコペコなのに、夕食までなしになってしまった。けれどここでごねるような真似は、恐ろしくてとてもできない。私はただ素直に返事をするしかなかった。

ようやくオーブリー子爵夫人の足が私の手から離れると、私は四人の冷ややかな視線に耐えながら床磨きを再開した。

これ以上つらい罰が与えられないように、と祈りながら。

アデライドが王立学院に通いはじめた頃、私はいつも幼いジャクリーヌに石を投げつけられたり、蹴飛ばされたり、泥水をかけられたりしながら、ひたすらそれに耐えていた。いつもこの家の姉妹から馬鹿にされ、ひどい意地悪をされ続けた。

繕い物をして、掃除や洗濯をし、料理を運び、夫人や姉妹の身支度を手伝い……。

使用人は何人もいて人手は十分足りていたはずなのに、私は彼らとは比べものにならないほど多くの仕事を言いつけられ、休む暇もなかった。いつも色褪せて穴の空いたエプロンドレスを着て、手をガサガサに荒らしながら水仕事や力仕事をこなし、日に一度か二度だけ与えられる最低限の粗末な食事を大切にいただいていた。

ジャクリーヌが十五歳になりデビュタントを間近に控えたある日、他の使用人たちに交じって居間を掃除する私を睨みつけながら、義父母が何やら話し合っていた。

「病弱でとても人前に出られるような子ではないと言ってこれまで押し通してきたけれど、一部の貴族たちの間で私たちオーブリー子爵家が良くない噂を立てられているそうなのよ」

「ああ。聞いたさ。全く……誰が言い出したんだ。我々がバロー侯爵の忘れ形見を殺して埋めたんじゃないかだの、異国に売り飛ばしたらしいだの。くだらん噂話でろくでもない醜聞をまき散らしおって……！」

「人の足を引っ張りたい連中ってどこにでもいるのよね。本当に腹立たしいわ」

「ああ。……だがまぁ、ジャクリーヌのデビュタントの夜会に少し連れ出すくらいはしておくべきだろう。そろそろ人前にこいつの姿を見せんと、我々が良からぬことをしたと疑われたままではかなわん」

どうやら外の世界では、バロー侯爵夫妻の娘であるこの私が、引き取られた先のオーブリー子爵家で殺されたか、どこかに売り飛ばされたという噂が出ているらしい。実は六歳でこの屋敷に来て以来、私は一度もここから外に出たことがなかった。

夫妻は忌々しげな顔で私のことを睨みつけていた。

デビュタントの夜会の日、私はオーブリー子爵と夫人から何度も何度も念を押された。

「いいな？　エディット。お前は生まれた時から重い病を患っていた。社交界の人々にはそう説明してある。そのことを絶対に忘れるな」

「とにかく目立たないこと。会場に着いたら、お前は壁際でただ黙って立っていなさい。そして頃合いを見て私が合図をしたら、お前だけ先に屋敷に戻るのよ。何かヘマをやらかしたらただじゃおかないから。いいわね？」

「は、はい。お義父様、お義母様……」

ガクガクと震えながらそう答えると、子爵がチッと舌打ちをした。それだけで恐ろしくて、私は胃がきゅうっと縮むようだった。気に入らないことをすれば、またひどくぶたれてしまう。子爵夫人が、私の胸元を指でトントンと差しながら言う。

「前からずっと言っている通り、お前は痩せぎすで醜くてみっともない子なのよ。マナーも知らない、なんの知識も教養もない。オーブリー子爵家の恥だから、本当は誰の目にも触れさせたくないくらいなのよ。……余計なお喋りなんか、絶対にするんじゃないわよ！　どなたかに何か話しかけられても、上手くスルーしなさい。分かったわね!?」

私は恐れ慄いた。もう二十一歳にもなる。引き取られてきて以来、これまでオーブリー子爵邸から外に出たことはただの一度もない。掃除をするのも屋敷の中だけ。買い出しにさえ行ったことはない。もちろん茶会やパーティーなんかに連れて行ってもらったことも、ただの一度もないのだから。

そんな私が、いきなり王宮での夜会だなんて……。

その日の午後、子爵邸の侍女たちにより、私は初めてドレスを着せられた。アデライドのお下がりの、クリーム色の控えめな、装飾の少ないものだった。それは彼女が持っていたドレスの中では、断トツで地味なもの。けれど私にしてみれば、とても美しくて素敵だった。

髪を梳かされ、リボンを着けてハーフアップに結い上げられ、慣れないアクセサリーも着けられる。

この栗色の髪にネイビーブルーの瞳は、決して目立つ色味じゃない。

アデライドやジャクリーヌのような華やかな赤毛に目の覚めるような派手なドレスを着ている子たちのそばにいれば、きっと誰にも注目されはしないはず。

そう自分に言い聞かせても、私は泣きたくなるほど不安だった。怖い。マナーなんて一つも知らないのに。

(誰かに話しかけられたら上手くスルーしろって、一体どうすればいいの……？)

やがて馬車に乗るよう子爵夫人から命じられ、初めて子爵一家とともに屋敷を出た。後ろからもう一台小さな馬車がついてきているのは、私が先に乗って帰るためらしい。

馬車が動き出し、外の景色が移ろいはじめる。小窓から外を見ていると、緊張のあまり心臓がドクドクと激しく脈打つ。やがて長い時間が経つにつれ、その景色は徐々に賑やかなものへと変わっていった。大勢の人々が行き交う大きな街並み。オーブリー一家の会話によれば、ここが王都というところらしい。全てが未知の世界で、不安でたまらない。

そのうえ私たちが今向かっているのは、このリラディス王国の王宮なのだ。生まれて一度も足を踏み入れたことのない、この王国の最高峰の存在である王家の方々がいらっしゃる場所。そして今夜は大勢の貴族たちがそこを訪れる。

「うふふっ。あーん楽しみだわぁ。王子殿下たちにお会いできるのかしらっ！　もしも、もしもよ、二人の王子様のうちどちらかに見初められちゃったりしたら……！」

「馬鹿じゃないの？　ジャクリーヌ。王子殿下があんたなんか相手にするわけないでしょう。それに王太子殿下のほうには幼少の頃からのご婚約者がいるわ。そんなことも知らないの？」

「……ふん、何よお姉様ったら。偉そうにそんなことを言うお姉様こそ、ちょっと張り切りすぎなんじゃなくて？　そんなに派手な格好しちゃって。今夜はあたしのデビュタントなのよ。主役はあたしなんだからね。自分こそ何かが起こるかもしれないって、本当はちょっと期待しちゃってるんじゃないのぉ？」

「はぁ!?　馬鹿言わないでくれる？　あんたと一緒にしないでよね！」

「もういいから。ちょっと静かにしてちょうだい、あなたたち。全く……」

　いつもより浮足立った様子のアデライドとジャクリーヌ姉妹。その二人が会話をする隣で、緊張のあまり吐き気が込み上げるのを必死で堪えながら、数刻後、ついに私はオーブリー子爵一家とともに初めて王宮の門をくぐったのだった。

◇　◇　◇

「ひっ……」

　ガクガクと震える足を必死に前に進め子爵一家について行き、私はリラディス王国王宮の大広間へと足を踏み入れた。途端、グラリと大きくめまいがする。中は信じられないほどのまばゆさだった。

大きなシャンデリアに照らし出された広間は、色とりどりのきらめくドレスを着たご婦人方やご令嬢方、素敵な装いの殿方たち、そしてジャクリーヌと同じようにデビュタントの真っ白なドレスを着た若い娘たちなどでひしめき合っていたのだ。

「はぁ……、はぁっ……」

ドッ、ドッ、ドッ……と、破裂しそうなほど大きな自分の鼓動が、鼓膜を揺らす。誰かと目が合うたびに、心臓が止まりそうだった。周囲の人たちから必死で目を逸らしながら、はぐれないよう無我夢中で子爵夫妻を追いかける。大勢の話し声に、楽しそうな笑い声。香水や飾られている花々の、頭がクラクラするほど強い香り。どこを見てもとにかく眩しくて、少しでも気を抜くともう倒れてしまいそうだった。

「おや、もしやこちらが子爵夫妻のお引き取りになったという……?」

「いや、実はそうなのですよ。これが義娘のエディットです。バロー侯爵夫妻の忘れ形見であり、我々の遠縁に当たる娘でございます。……ほら、挨拶をせんか、エディットや」

「っ!? ……あ……、あ、あの……」

突然目の前に白髪の紳士が現れ、オーブリー子爵から挨拶をするよう促される。子爵の目が怖い。子爵夫人もその横で私をグッと睨みつけるように見ている。だけれど挨拶をしろと言われても、どんな風にするのが正しいのかが全然分からない。

「あ……、あ……」とみっともなく唇を震わせながら立ち尽くす私を見て、オーブリー子爵が大きくため息をついた。

「全く、困ったものです……。この通り、この娘はとにかく消極的で頭も回らんものですから……は は。幼い頃より病弱で、なかなか淑女教育を受ける機会を持てなかったことが一因でしょうなぁ。失礼いたしました、伯爵」

「いや何、致し方ないことですよ。……なるほど、噂通り本当に病気がちでいらっしゃったのですなぁ。とてもお美しいが、随分か細くていらっしゃる。子爵夫妻も大変だったことでしょう。よくぞここまでお育てになった」

「はは、いや、縁戚に当たる者の義務と思ったまでですよ。見捨てるにはあまりに哀れで……。あ、これがうちの娘たちでございます。こちらがアデライド、こちらがジャクリーヌで……」

もうどちらも私のほうを見ることはなく、別の会話を始めてしまった。子爵に紹介されたアデライドとジャクリーヌが、ドレスをつまみ上げて足を曲げるようにして挨拶をしている。

あの挨拶が正解だったのだ。私は失敗したらしい。

(どうしよう。またぶたれる。帰ったらきっとものすごく怒られるんだわ……)

その時、子爵夫人が私の腕をグッと強く摑むと、その顔に笑顔を貼り付けたまま私を壁際まで引っ張っていく。

「あ、あの……お義母様っ……」

「うるさい。あんたはもう黙ってここに立っていなさい、この恥さらし。いいわね？　私たちが帰れと合図するまで、絶対に誰とも話すんじゃないわよ！」

オーブリー子爵夫人は私にだけ聞こえるような小声で厳しくそう言うと、私をその壁際に一人残して子爵の元に戻って行ってしまった。

（そ、そんな……）

おそるおそる近くを見回すと、私と同じくらいの年頃のご令嬢方が何人も集まっていて、皆で一斉にこちらを見ている。恐怖で息が止まりそうになり、私は慌てて顔を背けると壁のほうを向いた。

「……ね……、あれが噂の……？」

「オーブリー子爵家の養女ですって……ほら……例のバロー侯爵家の……」

「ああ、やっぱり……。本当にいらっしゃったのね……」

「ちょっと痩せすぎじゃなくて……？」

「ええ。体が弱いという噂は本当のようね……。それに、顔色も悪いわ……地味だし、もったいないわね……だってあんなに……」

聞きたくなくても全神経がそちらの会話に集中してしまう。やっぱり。何か私のことを話している。私が変だからだわ。マナーも何も知らなくて、様子がおかしいからだ。着せられた時には美しいと思っていたクリーム色のドレスも、この広間の中では一番地味なのが分かる。

お願い、誰も私を見ないで。

今にも涙がこぼれそうなほどに心細く、胃がムカムカして吐き気までひどくなってきた。こんなに明るい場所に来るのも、こんなに大勢の人を見るのも初めてのことだった。

早く帰りたい。早く帰れと指示をくださいっ……。

そう祈りながら壁のほうを向いているのに、時折若い男性に突然話しかけられて、そのたびに心臓が飛び跳ねた。

「失礼、お嬢さん。もしやあなたが、オーブリー子爵家の……？」

「…………」

「あの、よかったら僕と一曲踊っていただけませんか？」

「…………」

何か喋れば吐いてしまいそうだったし、どう答えれば失礼に当たらないかも分からず、私は黙っているしかなかった。男性たちは黙りこくっている私に困ったのか、そのうちどこかへ行ってしまった。

（……気持ちが悪い……。目が回るわ……）

私は壁のほうを向いたまま、何度かゆっくりと深呼吸を繰り返した。どうにか落ち着かなきゃ。

ジッと堪えていると、近くにいる女性たちのヒソヒソと話す声がまた耳に飛び込んできた。

「……ね、ご覧になって。あちらの奥のほうにいらっしゃるのって……」

「え？　どなたなの？」

「ご存知ないの？　遠くてはっきり見えないけれど、おそらくあの方が例の〝氷の軍神騎士団長〟だわ。なんて大きな体をしていらっしゃるのかしら……。怖いわ」

「軍神騎士団長って、あの……？　なぜこんなデビュタントの夜会の場に……？」

「分からないわよ。とにかく、近付かないように気を付けたほうがいいわ。恐ろしい噂のたくさんある殿方ですもの。ご機嫌を損ねるようなことをしてしまえば、女性であれ一体どんな目に遭わされるか……」

「いやだわ。怖い……」

……どうやらこの大広間のどこかに、怖い人が来ているらしい。よく分からないけれど、私はとにかく誰にも関わらず、ただひたすらここにいるしかない。子爵夫人からの指示があるまでは……。

そうしてどれくらいの時間が経った頃だろう。

放っておいてほしいのに、また一人の男性が私に話しかけてきた。

「失礼。……突然声をかける無礼をお許しください、レディー。あなた様は、エディット・オーブリー子爵令嬢で間違いないでしょうか」

(………？)

穏やかに響く声に、私の心臓がまた大きく跳ねた。

黙っていても立ち去る気配がないので、おそるおそる顔を上げてその人のほうを見る。

……柔和な雰囲気の若い男性だ。体が大きく、騎士のような格好をしている。けれど私は騎士を見たことがないので、この方が本当に騎士様かどうかは分からない。

「驚かせてしまって申し訳ない。私の上司が、あなたがご本人かどうか確かめてくるようにと言うものですから。……エディット・オーブリー子爵令嬢、ですね？」

「……っ」

どうしよう。この人、誰なのかしら。上司って……？　私はただ、黙ってここに立っているように言われているんだもの。勝手に会話をしたら、また子爵夫妻に怒られてしまうかもしれない。

男性は立ち去る様子もなく、私のことをジッと見つめている。パニックになり、呼吸が浅くなる。

（どうしよう。どうしようっ……！　お、お願い、私を放っておいてっ……！）

はぁっ、はぁっ、と夢中で浅い呼吸を繰り返していると、その男性が心配そうに私の顔を覗き込む。

「……大丈夫ですか？　どこか具合が……？　苦しいのですか？」

どうしよう。目が回るし、チカチカする。早く一人になりたい……。ここは怖い……！

誰か、助けて…………！

その時だった。

「おい、何をしている、セレス。聞いたのか」

お腹にズンと響くような、低くて太い男性の声がしたかと思うと、私の前にいた男性の背後からもう一人の男性がヌッと現れた。

（……っ!!）

見上げて驚いた。

これまでこんなに大きな男性を見たことがない。浅黒い肌に、漆黒の髪。濃いグレーの瞳は、神秘的な銀色の光を帯びていた。格好から察するに、この人も騎士のようだ。世間を知らない私でさえも感じるほどの、ただ者ではない雰囲気。その圧倒的オーラは、こうしてただ目の前に立っているだけで肌がビリビリしてくるような、強者の気配を感じさせた。

厳《いかめ》しい格好をしたその二人が並ぶと、圧巻の迫力だった。この大広間で最も目立たないであろう隅っこにいるはずの私たちのことを、近くにいる人たちが一斉に見ているのが分かる。

漆黒の髪の大きな男性が、私の前にグイと進み出る。あまりの威圧感にヒクッと喉が鳴った。胃袋

がビクビクと痙攣しているような感覚がする。

その大柄な男性は真顔で私を見下ろし、低く響く声で唸るように語りかけてくる。

「……エディット・オーブリー嬢で間違いないんだな」

（————う…………っ……！）

恐怖と緊張、そして極度の焦りに、私はついに限界を迎えた。食道を何かが駆け上がってくる感触と、脳がぐるりと回転するような気持ちの悪さ、血の気がすうっと引いていく感覚……。

「きゃあっ！」という甲高い女性の声に重なるように、「おい！　どうしたしっかりしろ！」という、焦ったような男性の声。そして、何かしっかりとした、とても力強く温かいものに支えられ、体がふわりと宙に浮く感覚がした————

◇　◇　◇

（……。……ん……？）

ふと、私は目を覚ました。

（……あれ……？　私、何してるんだろう……）

見慣れない天井をぼんやりと見つめながら、なんだかやけにふかふかするな、などと考えているうちに、先ほどまでいた夜会の会場をふいに思い出した。

一気に記憶が呼び起こされ、私はハッと目を見開いた。

（そうよ、私……、大きな騎士様に話しかけられて、ついに限界を迎えて……。ま、まさか私……、あの方に……）

「……気が付いたのか」

「ひっ！」

ふいに低く響く声がして、私は慌てて視線を動かした。すると先ほどの漆黒の髪の大きな騎士様が、私のすぐそばにやって来て跪いた。

……どうやら私はどこかの部屋のベッドの上に寝かされているらしい。

「突然倒れたから驚いた。具合はどうだ？」

「……あ……、は、はい。だ、大丈夫、です……」

まだ少しムカムカするけれど、さっきよりずっと楽になっていた。大きな騎士様は神秘的な銀色の光を宿した瞳で、私をジッと見つめている。

……よく見れば、この騎士様がとても端正なお顔立ちをしていらっしゃることに気付いた。それに、さっきの騎士の正装のような姿ではない。目の前の大きな男性は、さっきとは違うシンプルな黒い服をお召しになっていた。

「……ならば良かった。驚かせたようですまなかった。あなたの両親は先ほどまでここにいたのだが、今少し席を外している。……呼んでこよう」

「あ……」

騎士様はそう言うと立ち上がり、そのまま部屋を出て行った。それと入れ替わるように、もう一人の男性が私に近付いてくる。

……最初に私に声をかけてきた男性だ。銀髪に翡翠色の瞳をしている。

「いやぁ本当に良かった……。あなたが突然倒れた時はビックリしましたよ。大丈夫ですか？　もしかして体が弱い？」

「あ、い、いえ……。その、……緊張してしまって……。わ、私はあまり、あんな華やかな場に出たことがありませんので……」

「……そうなのですか」

さっきのすごく大きな騎士様に比べるとこの方は柔和な雰囲気で、なんとなく緊張が和らいだ。どうしても気になったので、私は勇気を出してこの騎士様におそるおそる聞いてみる。

「あ、あの……私はさっき、騎士様方に失礼をしてしまいましたか……？」

「えっ……、ああ、まぁ、どうぞお気になさらず」

騎士様はそう答えたけれど、何かを誤魔化したような気配があった。

……やだ。すごく気になる。

怖いけれど聞かないわけにはいかず、私は食い下がった。

「お、お願いします。どうか教えてください……。私は、どのような粗相を……？」

私の切実な言葉に、銀髪の騎士様は困ったように指で頬をカリカリと掻いた。

「……まぁ、そうですよね。自分のしでかしたことを自分が知らないというのは、大人として非常に不安なものです」

そう言うと銀髪の騎士様はあくまで穏やかな表情を浮かべたまま、淡々とした口調で語りはじめた。

「あなたは先ほど、我々の主である騎士団長、マクシム・ナヴァール辺境伯が話しかけた途端に、嘔吐して気絶してしまわれたのです。それで咄嗟にあなたの体を支えた団長の服が吐瀉物で汚れてしまい、団長は王宮の人から借りた適当な服に着替えた後、あなたのそばにずっと付き添っていた、と。……まぁ、簡単にいえばそういうことです。あ、ここは王宮の客間の一室で、ここまであなたを運んできたのもさっきの団長、ナヴァール辺境伯ですよ」

「…………な…………」

なん、ですって…………？

もう一度気絶したくなった。

つ、つまり私は……、さっきのあの、大きくて強そうな騎士様の、いや、騎士団長様のお召し物を自分の吐瀉物で汚し、ここまで運ばせた、と……。

辺境伯、様の……？

だからあの方は今、黒いシャツ一枚しか着ていなかったのだ。

事の重大さに震える私に、銀髪の騎士様が慌てた様子でフォローを入れてくれる。

「あ、いや、気にしなくて大丈夫ですよ！　団長はあなたに対して怒ったりすることは絶対にありませんから。本当に。あんな怖そうな見た目をしていますが、実際は非常に穏やかで……、いや、違うな。全然穏やかではないな。いえ、でもあなたに対してはとても優しくて、このうえなく寛大な人柄ですから！　ええ」

「そ、そんな……」

何を仰っているのかは分からないけれど、たぶん私を安心させようとしてくださっているのだろう。

だけど、そんな風に言われてもとても安心なんてしていられない。自分の失態を自覚するにつれ、だんだんと恐怖がこみ上げてきて涙が滲む。

「き、騎士団長様に、謝罪をさせてください……。そ、それに……、義父と義母にどれほど叱られるか……。あんな、は、華やかな、おめでたい場で、まさか私が……」

「……エディット嬢……、」

銀髪の騎士様が何か私に話しかけようとした、その時だった。

部屋の扉が勢いよく開けられ、悪魔のような形相のオーブリー子爵夫妻が飛び込んできた。

「エディット……！　全く、お前という奴は……！」

「この恥知らず！　まさか妹のデビュタントの会場で騒ぎを起こすなんて……！　本当にろくでもない子ね!!」

「ひっ……！　あ、ご、ごめんなさい、お、お義父様……、お義母様っ……」

ベッドに寝かされていた私は激怒する義父母を見た瞬間、反射的に体を起こそうとした。けれどまだ上手く腕に力が入らず、少しふらついてしまう。

「まぁ、どうかそんなに怒らないであげてください、オーブリー子爵、夫人。彼女が悪いわけじゃないのですから」

銀髪の騎士様が義父母を宥めるようにそう言ってくださるけれど、二人はわなわなと震えながら拳を握りしめ、今すぐ私を殴りつけたいのを我慢しているようだった。

その時。

「そこまでにしていただきたい。その男が言うように、エディット嬢に非があるわけではないだろう。俺は何も怒ってもいないし、迷惑だとも思っていない」

(……っ！　騎士団長様っ……)

義父母の後ろからヌッと部屋に現れたのは、私が粗相をしてしまったあの大きな騎士様、……マクシム・ナヴァール辺境伯様、だった。銀髪の騎士様と同じように、私を庇うようなことを言ってくださる。

彼の声を聞いた途端、義父母はビクッと肩を震わせ、ナヴァール辺境伯様のお顔を見上げた。

「あのだだっ広い会場の片隅で起こった小さな騒ぎだ。ほとんどの人間は気付いてもいなかっただろう」

「は、はぁ……ですが……」

「ま、誠に申し訳ございませんでした、ナヴァール辺境伯閣下。この子は本当に不出来な娘でして……。遠縁の忘れ形見なものですから、私たちも哀れに思ってこれまで手元で育ててまいりましたが、何分病弱で……。ろくな教育も受けられないまま、この歳にまでなってしまったのですわ」

「そ、そうなんですよ閣下。この娘は華やかな社交の場に慣れておらぬものですから。とはいえ、このような失態をしてしまうとは……。エディットには帰ってからよくよく言い聞かせ、叱っておきますので、どうぞご容赦を……」

オーブリー子爵夫妻がヘコヘコと辺境伯様に頭を下げながら私を貶め、言い訳のような謝罪を始めた。いつもは尊大な態度を崩さない二人が、先ほどから辺境伯様のご機嫌を窺うかのようにチラチラと彼に視線を送ったり目を逸らしたりしながら、怯えた様子を見せている。

申し訳なさと情けなさで俯いていると、辺境伯様の低く力強い声が響いた。

「……俺の話を聞いておられなかったのか。彼女を叱る必要など一切ない。ただ具合が悪くなったのをたまたま俺が介抱しただけだ。エディット嬢につらく当たるのは止めていただきたい。お分かりか」

「……は、はぁ……」

「……承知いたしましたわ、閣下。お心遣い、痛み入ります……」

（辺境伯様……）

チラリとお顔を見上げると、銀色の光を帯びたグレーの瞳とパチリと目が合った。けれど、辺境伯様はすぐにふいっと目を逸らしてしまった。

◇　◇　◇

「この……大馬鹿者が!!」

「きゃぁっ……！　ご、ごめんなさい……、ごめんなさいっ……！」

その夜。屋敷に戻り居間に入った途端、義父であるオーブリー子爵が私の頬を思いきり引っ叩《ぱた》き、頭上に杖を振り下ろした。咄嗟に頭を庇ってしゃがみ込む私に、何度も何度も激しい痛みが襲いかかる。頬、背中、足首……。こうなったら義父の怒りが収まるまで、ただただ耐えるしかない。

「信じられないわ、こいつ……！　あたしのデビュタントだったのよ!?　なのにまさか、こいつがあの大広間の隅っこで嘔吐して運ばれていただなんて……！　台無しにされたわ！」

「最低ね。あんたまさか、わざとじゃないでしょうね？　自分の時はデビュタントに出してもらえなかったから、その腹いせにジャクリーヌの大切な日を台無しにしてやろうとしたんじゃなくて？」

義妹のジャクリーヌと義姉のアデライドが、腕を組んで私を見下ろしながらそう吐き捨てる。

「ちっ！　違う……違いますっ……！　私、本当に緊張していて……っ、ぐ、具合が……」

「お前という奴は本当に……、何をやらせてもダメな小娘だ!!　この役立たずが!!」

「うっ……！」

蹲ったお腹の辺りを、義父に容赦なく蹴り上げられる。さっき全部吐いてしまっていて良かった。

……良くはないけど、ここで吐いたらなおさら義父母の逆鱗に触れるだけだ。

あの辺境伯様には、本当に申し訳なかったけれど。

(……あんなに無骨で恐ろしげな風貌の方なのに、少しも私を責めなかった。それどころか、私が怒られずに済むようにと庇ってくださっていたわ……)

痛みに耐えながら、私はさっきお世話になったあの大きな体躯の辺境伯様のことをぼんやりと思い出していた。

「……まぁ、不幸中の幸いだったわ。会場が大きかったし、この娘が片隅で粗相をしていたことなんて気付いてない人がほとんどよ。皆王子殿下方に夢中だったしね」

義母のその言葉に、ジャクリーヌとアデライドがコロッと態度を変え、黄色い声を上げる。

「それよそれ！　王子殿下たちの神々しいまでの麗しさ……！　ああーん最高に素敵だったわぁ～」

「デビュタントの令嬢たちを見るよりも、皆王子殿下方に夢中になってたわね。本当に素敵だったわ。間近で見られて目の保養になっちゃった。さすがはこのリラディス王国の王子様ね」

キャッキャと声を上げる二人は、もう私のことなんて目に入っていなかった。一家は居間の隅で蹲る私を置き去りにテーブルに移動して腰かけると、話の続きで盛り上がる。

「私はハワード第二王子殿下が好みね。すごく知的でオーラがあったわ」

「えー。あたしはやっぱりデヴィン王太子殿下かなぁ。カッコよかったぁ。あんな素敵な人と結婚できたら最高なのになぁ。ご婚約者のご令嬢が羨ましいわ。ずっと隣にいらしたわよね」

「この子たちったら。子爵家の娘が分不相応な夢を見ないでちょうだい。特にアデライド、あなたはとっくに行き遅れている身なのよ。それなりの縁談を整えるのに私たちがどれほど苦心しているか」

「あら！　それは私のせいじゃないわ！　元々お父様とお母様が高望みしすぎて婚期を逃しちゃったんじゃないの！　やっと縁談がまとまった相手は、遊び人で変な病気にかかっちゃって結局破談になるわ……散々よ」

このまま全員の意識がこちらに向かないようにと、私は息を殺して静かに立ち上がる。

……体中が痛くて、足に上手く力が入らない。

「アデライド、心配せずとも、お前の縁談はもうすぐまとまる。東の領土のドラン子爵家の次男が、文官として王宮に勤めはじめたそうだ。お前より一つ年下だが、彼との話が進んでいる」

「まぁ！　良かったじゃないのお姉様。一生独身を貫いて修道院行きにならずに済んだわね！　あははは」

「うるさいわねジャクリーヌ！　……ふーん、ドラン子爵家の次男かぁ。パッとしないわね……」

不満そうなアデライドだけど、両親から命じられた結婚に反対できるはずもない。

「ジャクリーヌ、お前は今夜のデビュタントでダンスを申し込んできたラフォン伯爵家の嫡男がいたろう。彼との縁談がまとまる予定だ」

「えっ！　そうなのぉ？　うふふふふ。やけに熱い視線を向けてくると思ってたのよねぇ」

ジャクリーヌは姉よりも条件の良い縁談に気を良くしたらしい。ニヤニヤと笑うその姿を、アデライドが憎々しげに睨みつけている。

（……私には、きっと一生縁談なんて来ないんだろうな……）

別に結婚できないことは嫌じゃない。だって今さらここを出て知らない男の人と一緒に暮らすなんて、この私にできるはずもないし。若い男の人というだけで、慣れていなさすぎて少し怖い。

だけど、このままこの屋敷で義父母に叱られ殴られながら一生を過ごしていくのかと思うと、絶望するしかなかった。せめて私こそ修道院にでも行かせてはもらえないのだろうか。そこでの生活がどれほど規律を重んじた厳しいものであったとしても、ここよりはずっと楽に生きていける気がする……。

「エディット!!　ボーッとしてないで、早くお茶を淹れてきなさいよ！」

「っ！　は、はいっ、ただいま……！」

義母の金切り声に、私は痛む足を引きずるようにして慌てて厨房に駆け込んだ。

しかし、それからわずか三日後。

この私に、縁談の申し込みがあったのだった。


「ナヴァール辺境伯から、だと……？」

「信じられないわ。なぜわざわざ自分に粗相をした相手を妻に貰い受けたいなどと言ってくるわけ……!?」

その日、オーブリー子爵邸の居間はちょっとした騒動となった。書簡を手にしたまま訝しがる義父母に、黙ってはいられない義姉と義妹。皆が不快そうな目で私をジロジロと睨みながら話し合いを続けている。

「ね、ねぇ！　どういう相手なのよ、そのナヴァールって人は！　辺境伯ってことは……、あ、あたしたちの結婚相手よりもお金持ちってことなの!?　なんでエディットなんかにそんな縁談が来るのよ！　おかしいじゃない！」

「……もちろんお断りするのよね？　お父様、お母様。ナヴァール辺境伯って、〝氷の軍神騎士団長〟でしょう？　学園で何度か噂を聞いたことがあるわ。すごく怖い方だけど、国王陛下の覚えもめでたい歴戦の猛者だって。数々の戦果を挙げてきていて、しかも莫大な資産の持ち主だとか。エディットなんかじゃ、そんな偉大な人物のお相手には相応しくないわ。だってこの子、なんの学もないただの使用人なのよ？　マナーも教養も、何もない。痩せっぽちでみすぼらしい、掃除や洗濯をするしか能のない小娘よ。辺境伯夫人なんか務まるはずがないわ」

「そっ！　そうよ！　なんでこのエディットが辺境伯様のところに嫁ぐことになるわけ!?　馬鹿らしいわ。あたしたち姉妹でさえ、結婚相手は子爵家や伯爵家の子息なのよ!?　分不相応にもほどがあるわ！　絶対反対よ！　だいたい、この子が辺境伯の元に嫁いでいったら、誰があたしたちのお世話をするわけ？　イライラする時は誰に八つ当たりすればいいわけ!?　この子が一番従順な使用人なのよ!?」

アデライドとジャクリーヌが揃って声を上げる。よほどこの縁談の申し込みが気に入らないらしい。私が自分たちよりも高位の貴族家に嫁ぐことなど、プライドが許さないのだろう。

「落ち着きなさい、アデライド、ジャクリーヌ。たしかにナヴァール辺境伯が莫大な資産を所有していることは間違いないわ。かの方は辺境伯領の私設騎士団の団長も務めているそうだし。けれどそんな辺境伯が、なぜこれまで独身を貫いてきたか。……それはね、かの方がとてつもなく恐ろしい人物だからよ。アデライドが学園でどんな噂を聞いていたかは知らないけれど、〝すごく怖い方〟なんてレベルじゃないのよ」

義母の言葉に、姉妹が「え？」と固まる。義母が続けて言った。

「ナヴァール辺境伯といえば、この王国内で誰よりも恐れられている男よ。氷の軍神騎士団長以外にも、いろいろな二つ名があるんだから。これまで数々の戦場で血の海を作り上げ、多大な戦果を挙げてきた化け物よ。あなたたちはあの夜会でナヴァール辺境伯の姿を見ていないから、その恐ろしさが分からないわよね。私たちは目の前でご挨拶をしたから、近くではっきりと見たわ。ものすごく大きな体で、やはりただ者ではないオーラを放っていた。戦うことに慣れきった男の威圧感に圧倒されたわ……。辺境伯は恐ろしく残忍な性格をしていて、女の扱いもむごたらしいそうよ。だからあの日は本当に焦ったわ。このエディットが粗相をして、よりにもよってあのナヴァール辺境伯にご迷惑をかけたと知って……。一家で惨殺されることになるのではないかと血の気が引いたわよ」

「そ……、そんなに怖い人なの……？　ナヴァール辺境伯って」

義母のおどろおどろしい喋り方に、ジャクリーヌが震え上がる。義父が「うむ……」と唸りながら顎に手を当てた。

「ああ。たしかにかなり大きな図体をしていたし、噂に違わぬ恐ろしい雰囲気を漂わせていたな。エディットを介抱してくださったと知って、その噂とは随分かけ離れた行動をする方だと疑問には思っていたが……まさか、そこまでこのエディットのことを気に入っていたとはな……」

誰よりも、私が一番信じられなかった。なぜ……。あの時の騎士団長様が、一体どうして私なんかを所望されるのだろうか。

私は一家の話をただ呆然と聞くしかなかった。義父母が眉間に皺を寄せたまま話し続ける。

「過去に何度も素晴らしい縁談があったのに、それを全て断ってこられた方よ。王家の縁戚に当たる侯爵家のご令嬢でさえお断りされたとか……」

「いや、あれは違ったろう。侯爵令嬢のほうが、あの男の元に嫁ぐぐらいなら死んだほうがマシだとごねたんじゃなかったか」

「そうだったかしら？　まぁいずれにせよ、そんな噂がたくさんある殿方よ。それほどまでにどの家の令嬢たちも恐れている人物なんですもの。……それが、この小娘を……」

「…………」

全員の視線が私に向く。

するとアデライドが、先ほどまでとは打って変わって面白そうにニヤリと笑って言った。

「……いいんじゃありませんの？　お父様、お母様。やっぱり承諾の返事をお出しになったら？　エディットが私たちの結婚相手よりも格上の人に嫁ぐのは正直気分が悪いけれど、まぁそういう方なら、どうせ毎日乱暴な目に遭わされて喘ぎながら暮らしていくことになるんでしょうし。それに、そんな乱暴者でもすっごい資産や私設騎士団を持ってる辺境伯様なんでしょう。結婚させれば、うちにもメリットがあるんじゃなくて？」

アデライドのその言葉に、全身を震えが走った。

あの方が、そんなにも恐ろしい人だったなんて……。

目覚めたベッドのそばで私の顔を覗き込んだあの方の瞳は、とても優しく温かだった気がしたけれど。

「……そうね。あたしもやっぱり賛成よ！　こいつが一番幸せに暮らすんだったら許せないけど、そんな男ならたっぷり苦労しそうだし、まぁいいわ。それよりも、エディットを餌にして辺境伯にうちへの支援金をねだったらどう？　あたし新しいドレスが欲しいなぁ。あとイヤリングも！」

アデライドとジャクリーヌの言葉にも、義父母は頷かなかった。ただ難しい顔をしてため息をつき、やたらと顔を見合わせるばかりだった。

「……まぁ、熟考するとしよう」

その日は義父のその一言で終わった。

後日、義父母はナヴァール辺境伯にお断りの返事を出したらしかった。私はほんの少しホッとしたけれど、不思議にも思った。義父母は大金持ちの相手にだったら、私のことなんかきっと喜んで差し出すと思っていたのに。

それからまた日を置かずに、ナヴァール辺境伯から書簡が届いた。

手紙はそれから何度も届き、義父母はそのたびに話し合っているようだった。

そしてある日、私は義父から部屋に呼ばれた。そこには義父と義母しかおらず、義姉妹も使用人たちも、他には誰一人いなかった。

「……お前をナヴァール辺境伯に嫁がせることを決めた」

「……っ！」

義父の言葉に、心臓が痛いほど大きく跳ねた。恐怖に全身が強張る。

（ああ、ついに……。やっぱり私は、あの誰よりも恐ろしいと噂される人の元へ嫁ぐことになってしまったのね……）

涙を堪え、唇をぐっと噛みしめる。一体どんな扱いを受けるのだろうか。ここよりももっと、ずっとひどいところだろうか。どの縁談も簡単には受けなかったという、氷の軍神騎士団長。そんな人が、この私のことをそれほどまで熱心に所望してくるとは……。

（一体、どうして……？　私の何が、そんなに辺境伯様のお気に召したのかしら……。これまでに多くの素晴らしい縁談があったはずのお方が、その全てを断り、私なんかを……）

私は他の素敵なご令嬢方と何もかもが違う。この痩せっぽちで見苦しい姿に、教養のなさ。そのうえ人前に出ることに慣れていないから、他の人たちのように上手に会話をしたり自分の意見を言ったりすることさえできない。

どう考えても、私に優れた部分は一つもない。

ふと思い当たった理由は、一つだけ。

（……大人しかったから……？　私が従順そうで、なんでも言うことを聞きそうに見えたから、とか……？　辺境伯様はもしかしたら私のことを、ご自分にとって都合の良い妻になると考えられたのかしら……。だとしたら、い、一体どんなことを強要されるのか……）

「顔を上げなさい！　エディット！」

「っ!!　は、はいっ……！」

不安のあまりつい考え込んでしまっていると、義母の厳しい叱責の声がして、反射的に顔を上げる。恐ろしい形相の二人は、眼光鋭く私を睨みつけていた。

「いい？　お前に改めて言っておくことがあるわ。これまで散々言ってきた通り、お前が社交界デビューしていないのは、幼い頃から病弱だったからよ。それが表向きの理由。ナヴァール辺境伯閣下からそのことについて尋ねられたら、必ずそう答えるの。いいわね？」

「その理由は一つだ。お前の生家の恥をさらさぬため。ひいては我々オーブリー子爵家の恥をさらさぬためだ。分かるな？　エディット。再三言ってきたように、バロー侯爵夫妻には多額の借金があった。侯爵領の主という立場でありながら、お前の父親は領民の税金にまで手を付けていた。侯爵夫妻の死後、公にならぬうちに私たちでそれらを全て肩代わりして返済し、そのうえでお前を育ててきたのだ。しかしこんなことを世間に知られればバロー侯爵家の縁戚に当たる我々にとっても恥となるし、尾ひれを付けられ社交界でどんな悪い噂を流されるかも分からん。上手くいっている人間の足を引っ張りたい連中というのはどこにでもいる。……聞いておるのか」

「は、はい」

義父母の圧に怯えながら、私は返事をする。

「本当はお前を生涯外に出す気はなかったのよ。だけどナヴァール辺境伯がどうしてもお前をと何度も所望なさるから、仕方なく差し上げることにしたのよ。いいわね？　ナヴァール辺境伯からはうちへ法外な支援金を約束していただいているの。間違っても！　辺境伯のご機嫌を損ねて返品されるようなことになるんじゃないわよ！　分かったわね!?」

ああ、なんだ……。結局多額のお金を受け取ることになったから、私を辺境伯の元に嫁がせるわけね……などとぼんやり考えていたせいで、返事が遅れてしまった。義母のこめかみに青筋が立つ。

「あ、は……、はいっ……」

「チッ！　全く、いつも聞いておるのかおらんのか、はっきりせん返事ばかりしおって……！　分かったんだな!?　エディット！　余計なことは一切喋らず、ただただ毎日辺境伯の要求に応えるんだ！　泣き言を言ったりしてご機嫌を損ねるなよ。これまで何不自由なく育ててきてやったんだ。あのろくでもない夫婦の娘であるお前を。恩を感じているのなら最後くらいはしっかりと役に立て。分かったな!!」

「わっ、わ、分かりましたっ……」

その後は数時間にわたり、同じ話を何度も何度も言い聞かされ、そして話の内容を復唱させられた。

私は幼少の頃から体がとても弱く、オーブリー子爵夫妻から大切にされずっと屋敷の中で静かに暮らしてきた。それ以外に余計なことは一切喋らない。何度もそう言わされ聞かされているうちに、まるで本当に自分自身がそんな風に育ってきたような感覚さえした。

こうしてそれから約一月《ひとつき》後。

私はついに、十五年間過ごしたオーブリー子爵邸を去ることになった。たった二つのトランクケースだけを持ち、家族の見送りはなく、辺境伯が遣わしてくれた迎えの馬車に乗り込み、一人きりではるか西の地を目指したのだった。

第二章　ぎこちない新婚生活

初めてたった一人で馬車に乗り、見知らぬ辺境伯領を目指す。

あの苦しかったオーブリー子爵邸での十五年間の日々についに別れを告げたのだという解放感と、それ以上に、新天地での生活に対する大きな不安が私の胸を占めていた。馬車に揺られる私の指先はずっと小刻みに震えており、気を引き締めていないと今にも涙がこぼれそうだった。

誰もそばにいない心細さ。

向かう先に待っているのは、氷の軍神騎士団長と呼ばれる、恐ろしい辺境伯様。

(……お父様、お母様……)

オーブリー子爵と夫人からは、私の両親はとてもひどい人間だったのだと、何度も何度も聞かされて育ってきた。

けれどこんな時に胸に浮かぶのは、やはり私にとっては優しく温かい人であった、父と母の面影だった。

遠い記憶の中にあるその面影は、もう随分とぼやけてしまっていたけれど。

(と……、遠かった……)

オーブリー子爵邸を出てから、およそ五日後。私の乗った馬車はようやく王国の最西端に位置するナヴァール辺境伯領に入った。王都にほど近いオーブリー子爵領付近に比べれば、随分とのどかな場所だった。

もうすぐ長旅が終わるのかと思うとホッとするけれど、かといってこれからついにナヴァール辺境伯と対面するのかと思うと、それも恐ろしくて手足が震える。

(助けてくださったあの時はたしかにお優しい方だと思ったけれど……こんなに時間が経つともう恐怖心しかないわ)

旅立つまでの一月《ひとつき》の間、アデライドとジャクリーヌから散々脅された。

『ご愁傷さま～。まさかあんたの嫁ぐ相手がこの王国一の乱暴者だなんてねぇ。あんたたぶん、辺境伯にすぐに殺されるわよ。ふふふふ』

『さぁどうかしらね。氷の軍神騎士団長は女性に飢えているはずよ。もう三十近いお歳のはずだもの。それまで妻を持たずに独り身で来たんだから……逆にずーっと慰みものにされるかもね』

『やぁだぁ！　すごい戦果を挙げてきた猛者なんでしょう？　とんでもなく体力があるはずよ。あんたやっぱり干からびて死んじゃうんじゃない？　ベッドの上で。うふふふふ。せめて変な性癖がないといいわねぇ。殴ったり、首絞めたりとか』

『止めてよ。下品なんだから、ジャクリーヌったら』

「……。……はぁ……」

義姉妹の話す内容は時に意味の分からないものもあったけれど、とにかく辺境伯様がいかに恐ろしい人物なのかということはよく分かった。思い出すほど憂鬱になる。長く馬車に揺られていたから体中が痛くて、早く降りたい気持ちと、いつまでも辺境伯邸に着かないでほしいという気持ちの間で、私は揺れていた。

けれど私の動揺も虚しく、ついに馬車は目的の場所に到着したらしい。要塞のように大きな屋敷の門が開かれ、馬車はゆっくり中へと進んでいった。

(ひ……広い……！)

オーブリー子爵邸とは比較にならない敷地の広さに圧倒される。まるであの方自身のようだ。大きくて頑丈そうで、どんな敵が現れても決して通さないような力強さを感じる。……その分、華やかさや趣はあまりなかった。女主人のいない、無骨な屋敷といった感じだ。

(……あ。でも玄関の周りにはお花が……)

馬車がようやく停まり、小窓からそっと覗くと、この辺りにだけ美しい花々が咲いていた。淡いピンクや白の優しげな花々は、まるで私をひっそりと歓迎してくれているようだった。ほんの少しだけ、緊張した気持ちが和らぐ。

その花たちに見とれていると、玄関の大きな扉が開いて中からあの時の辺境伯様が出てきた。心臓がドクリと大きく跳ね、途端に全身の血の気が引く。

「……っ」

お、降りなくちゃ……。

ゴクリと喉を鳴らすと、私は震える足を踏みしめながら一歩ずつゆっくりと馬車を降りた。気を抜くと今にも足がもつれ転んでしまいそうだった。

「……よく来た。疲れただろう」

「はっ……はじめまして……。……あっ……！」

ま、間違えた……！

緊張のあまり、いきなり挨拶を間違えてしまった。〝はじめまして〟じゃない。あんなに何度も馬車の中で練習したのに。

一瞬にして冷や汗が出て、泣きたくなるほど混乱する。

「ち、違っ……、も、申し訳ございませんっ……！　あ、あの、このたびは、私を……その……」

付き添いもなく、たった一人で初めて訪れる場所。慣れない男性との会話。それも何度も話に聞かされていた、大きくて恐ろしい氷の軍神騎士団長。

あの時の粗相まで思い出してしまい、もう頭がおかしくなりそうだった。膝がガクガクと震える。

その時。

（――――え…………？）

俯いて震える私の頰に、ふいにゴツゴツとした温かいものが触れた。

ビクリとして思わず顔を上げると、ナヴァール辺境伯様が私の目の前に立っていた。頰に触れたのは、彼の手のひらだった。

……せ、背が高い……。

「……そんなに怯えるな。遠路はるばる来てくれたあなたを、ただ出迎えたかっただけだ」

「……っ」

「改めて、マクシム・ナヴァールだ。俺の元へ来てくれたこと、感謝する。エディット・オーブリー子爵令嬢」

「……こっ……こちら、こそ。……このたびは、私のことをご所望いただき、大変光栄に存じます、ナヴァール辺境伯閣下。どうぞ、これからよろしくお願い申し上げます」

気が付くと、私はそのグレーの瞳を見つめながら自然と挨拶の言葉を口にしていた。たしかにとても大きくて無骨な雰囲気ではあるけれど、彼の瞳は不思議なほどに穏やかで、優しい光を湛えていた。

「マクシムと呼んでくれ。俺たちはもう夫婦なのだから」

「は、はい。……マクシム、さま」

そう返事をすると、マクシム様は少し困ったような妙な顔をして目を逸らした。

「……俺もエディットと呼んでも構わないだろうか」

「っ！　あ、は、はい。ぜひ。……どうぞ」

ぎこちない会話に気恥ずかしくなり、思わず私も目を逸らす。すると周りの花々が視界にふわりと飛び込んできた。

「……気に入ったか？　両親が隠居して以来、この屋敷を整えたり飾ったりする習慣がなくてな。使用人もこれまで最低限しか雇っていなかった。……ふと思いついて、数日前に急拵えで植えさせたんだ。殺風景なところですまない」

……え？

じゃあこのお花は、私のために……？

驚いてマクシム様のお顔を見上げると、彼はまた慌てたようにフイッと目を逸らし、そのまま私に背を向けた。

「中を案内しよう。おいで」

「……はい、マクシム様」

温かいものが胸の奥にじんわりと込み上げてくる。

さっきまでの恐怖心と緊張が、いつの間にかだいぶ和らいでいた。


マクシム様の大きな背中を見つめながら中に進んでいくと、整った身なりをした初老の男性が礼儀正しく出迎えてくれた。

「これはうちの家令だ。俺が不在の間何か困ったことがあれば、彼に相談するといい」

「フェルナンとお呼びくださいませ。ようこそ御出でくださいました、奥様」

「あ、よ、……よろしくお願いします……」

（……奥様、だって……）

マクシム様に紹介され、家令のフェルナンさんと挨拶を交わす。たったこれだけのことでも、どうしようもなくドキドキしてしまう。今日はこれから何人の知らない人に挨拶をすることになるのだろうか。緊張で目が回りそう。

その後数人の侍女たちを紹介され、私は同じようにたどたどしく挨拶を返した。それから広大な屋敷の中を、マクシム様に案内されることになった。

「旦那様、私が代わりにご案内いたしましょうか」

フェルナンさんがそう声をかけてきたけれど、

「いや、いい」

とマクシム様は短く断りスタスタと歩きだすと、次々と中を案内しはじめた。

「……どこも殺風景だろう。俺は遠征で長いこと屋敷を留守にしていたし、ここは女主人を失って久しい。母は父とともに南方の別邸で気楽に過ごしているから……、」

屋敷内をあちこち歩き回りながら私に話しかけていたマクシム様は、そこまで言って振り返ると、ピタリと立ち止まり、私に謝罪した。

「……すまない。俺の歩くペースは、あなたには早すぎたな」

「……は……、い、いえっ……、だ、大丈夫ですっ……」

本当はものすごく早かった。歩幅がまず全然違ううえに、やはり体力に差がありすぎるのだろう。マクシム様について行くために、私はずっと小走りの状態だったのだ。息が切れていたけれど、マクシム様が時折振り返った時にだけ平然とついて行っている風を装っていた。鈍臭い女だと思われて嫌われたら大変だから。

「……続きは、また明日以降にしよう。部屋に連れて行く。あなたの荷物はもう運ばれているはずだ」

「あ、はい……。……あ、ありがとうございます……」

私を気遣ってくれているんだ。そう気付き、申し訳なさと不安が襲う。嫌われていないかしら。やっぱりお前のような女はいらないとオーブリー子爵家に突き返されたら、どれほどきつく叱られるか……。

私の頭の中には常にその思いが居座っていた。


「ここがあなたの部屋だ。好きに使ってくれていい。何か不便があったらいつでも言ってくれ」

「は、はい」

「それからこの二人は、あなたの専属侍女だ、エディット」

部屋に案内されるやいなや、今度はまた別の侍女の方たちを紹介される。

「カロルと申します。よろしくお願いいたします」

「ルイーズでございます！　ようこそ御出でくださいました、奥様」

「あ……、よ、よろしくお願いします……」

私と同じ年頃のその二人の侍女にモタモタと挨拶を返していると、

「では、夕食の時にまた会おう」

そう短く言って、マクシム様は行ってしまった。

不機嫌になられていないかしら。私、鈍臭すぎて嫌われていないかな……。

不安な思いを抱えたままマクシム様の背中を見送った後、私は案内された部屋の中を改めて見渡した。

（わぁ……。なんて大きな部屋なの……）

私のわずかな荷物など片隅にまとめてしまえるほどに大きなクローゼットや戸棚、化粧台に豪華なソファーなどが揃っていて、この部屋の中だけでずっと快適に暮らしていけそうだ。今日見せてもらった中では断トツに豪華で、調度品も美しく、華やかだった。……まさか、玄関ポーチの前の花々のように、ここも私のために急拵えで整えてくださったのだろうか。

「あの、早速ではございますが、奥様」

「っ!? は、はいっ」

キョロキョロと部屋の中を見回していると、先ほど紹介されたばかりの侍女カロルさんから声をかけられた。

「こちらに旦那様がご用意くださったドレスがございます」

「お召し替えをお手伝いさせていただきますねっ」

カロルさんの言葉に続けて、ルイーズさんもそう言った。

「え……っ」

（き、着替えを手伝う……？）

オーブリー子爵邸で私が義母や義姉妹たちの着替えを手伝っていた時のように……？　私も、あ、あんな風にこの人たちに自分の体を見られるの……？

記憶にある限りそんな経験の一度もない私は、なんだか気恥ずかしくてならない。オーブリー子爵邸ではいつも使用人用の簡素なワンピースを自分で着ているだけだったし、誰かに裸を見られる経験なんてなかったからだ。しかも私の体は他の人たちに比べて、ものすごく痩せっぽちで貧相なのだから。

先日の王宮での夜会で周囲の方々を見て驚いたものだ。私のような体型の人は一人もいなかった。皆ほど良くスマートで、かといってこんな枯れ木のような腕ではなく、女性は誰もがふっくらとした美しい胸元を強調するようなドレスを素敵に着こなしていて……。

「……だ、大丈夫、です。自分で着られますのでっ……」

「え……」

「で、ですが……」

不思議そうに首を傾げながら何か言いたげな様子を見せる二人に、私はなおも言い募った。

「へ、平気です。着替えは慣れていますので……。お、お気になさらず……」

「……さようでございますか。承知いたしました」

ルイーズさんはまだ納得のいっていなさそうな顔をしていたけれど、私が恥ずかしがっていることを察してくれたのだろうか、カロルさんが笑顔でそう言って引いてくれた。

「では、私たちは一旦下がらせていただきますね。荷解きも後ほどお手伝いさせていただきます。廊下を挟んで向かいの部屋に待機しておりますので、何かございましたら、いつでもご遠慮なくお声をかけてくださいませ。夕食の時間になりましたら、お迎えに伺いますので」

「は、はい。ありがとうございます」

その言葉にホッとして、カロルさんからドレスを受け取る。部屋を出ようとする彼女たちに背を向けた、その時だった。

(……？　あら？　あちらの扉は……)

ふと気付くと、今廊下から入ってきた扉の他に、もう一つの扉があることに気付いた。

方向から察するに、たぶん、隣の部屋に通じている……？

この人たちに聞いたら分かるかな、と今にも部屋を出ようとしている二人に尋ねてみた。

「あ、あの……。あっちの扉は、どこのお部屋に通じているのでしょうか」

するとカロルさんたちはビックリしたような顔で私のほうを見て、慌てて答える。

「あちらは奥様と旦那様の寝室に通じております。寝室を挟んでその奥が、旦那様のお部屋になっております」

「……っ、そう、なのですね。ありがとうございます……」

寝室……。そうか。夫婦だから同じ部屋で眠るのね。……え？　あのマクシム様と、お、同じベッドで……？

どうしよう。今からものすごく緊張する。

寝ぼけて蹴ってしまったりしたらどうしよう。怒られてぶたれたり、……ううん。あの方は、そんなことはしそうにないけれど……。

この時の私にとって、寝室が同じというのはその程度の感覚だった。

幼い頃にオーブリー子爵家に引き取られ、外に出ることも学園に通うことも、家族以外の誰かと接することもなく生きてきた私は、何も知らなかった。夫婦となった二人が、寝室でどんな夜を過ごすのかも。

では失礼いたします、と言って二人が出ていった後、私は手元のドレスをまじまじと見つめた。

（……綺麗……。なんて素敵なのかしら……）

両肩の部分を持ってふわりと広げてみると、薄いサーモンピンクを基調としたそのドレスはとても上品で、そしてとても華やかだった。幾重にも重ねられたレースやフリル、そして繊細な刺繍やパールの飾りが美しい。アデライドやジャクリーヌが日々身に着けていた強い色味の派手なドレスたちよりも、ずっと私の好みに合うものだった。

そして……。

（……こっ……、こんなに大変なものだったのね……！　一人でドレスを着るのって……！）

侍女二人の手伝いを断って退出してもらった手前、一人で着るしかないのだけれど、まさかこんなに手間がかかるものだとは思わなかった。

いつもオーブリー子爵夫人や義姉妹の手伝いをしていたから大丈夫だと思っていたけれど、一人でウエストを締めたり後ろのリボンを結んだりする作業は、なかなか大変なものだった。長い時間をかけてどうにか形になった頃には、無駄に全身に汗をかいてしまっていた。

（これは……次からは素直に彼女たちに手伝ってもらったほうが良さそうね……）

私はそう思い直し、次回からは侍女たちに体をさらす覚悟を決めたのだった。

「……」

「…………」

夕食の席でも、私はすごく緊張してしまい、マクシム様と何も話すことができなかった。与えられた私のお部屋には、今着ているものの他にも何枚かのドレスやアクセサリーが用意されていた。本当はそれに対するお礼をすぐに言いたかったのだけれど、どうしてもこの人の大きな体と表情の乏しいお顔を目の前にすると、体が強張って喋れなくなる。

私はあまりにも、他人に、特に男性に慣れていなさすぎたのだ。

シンと静まり返った食堂の中は空気が張り詰めているようで、カトラリーを動かすのにも勇気がいる。

すごい緊張感のせいで喉が詰まったような感覚になり、目の前の豪華な食事をなかなか食べ進められずにいると、ふいにマクシム様が呟くように言った。

「……そのドレス、」

「っ！　……は、はい」

「よく似合っている。サイズもわりと合っているようで良かった。だが、もし気に入らなければ無理して着なくてもいい。何か欲しいものや必要なものがあれば、なんでも遠慮なく言ってくれ。俺は気が利かない」

（────っ!!）

し、しまった……！

私がすぐにお礼を言わなかったから、マクシム様のほうから先にドレスの話題に触れられてしまった……。

またやってしまった。やっぱり食堂に入ってすぐにお礼を言うべきだったのに。

一気に頭が真っ白になった私は、慌てふためきながら必死でお礼の言葉を紡ぐ。

「あ、あのっ……、ほ、本当に、どのドレスも、とても、素敵で……。……う、嬉しかったです。……ごめんなさい……。あ、ありがとうございますっ……」

汗をかきながら私が喋りだすと、マクシム様は私のほうをじっと見つめていた。そして私がお礼の言葉を口にすると、ほんの少し微笑んだように見えた。

「……そうか。それなら良かった」

その後ポツリポツリと、マクシム様がこの結婚について話してくださった。オーブリー子爵との書簡のやりとりで話はつき、すでに婚姻に関する書類は役所に提出済みであること。子爵夫妻からは必要ないと言われたが、近いうちに結婚式を挙げようと考えていること。

私は話しかけられるがままにはい、はい、と頷いた。

夕食をとった後、マクシム様は「では、また後でな」と短く言い、先に出て行ってしまった。

その直後、食堂までついてきてくれていたカロルさんたちに促され、私も自室に戻る。

「さぁ、では湯浴みの支度をさせていただきますわね。湯浴みが終わりましたら夜着をご準備いたしますので、そちらに着替えていただきますが……いかがいたしますか？　奥様。やはりご自分でなさいますか？」

カロルさんからそう尋ねられ、私は羞恥心を押し殺しながらおずおずと答える。

「あ、あの……、やはりよければ、カロルさんたちにいろいろとお手伝いいただけたらと思います……」

私の言葉を聞いた専属侍女の二人はキョトンとした顔を見合わせクスリと笑い、私のほうに向き直った。

「承知いたしました、奥様。ですがどうぞ、そのような畏まった話し方はお止めくださいませ」

「そうですよっ。私たちは奥様の侍女なのですから、どうぞカロル、ルイーズとお呼びください。そしてもっと気楽にお話しくださいませねっ」

……そ、そっか。私がこの人たちにこんな話し方をしているのはおかしいのよね……。

「わ、分かりまし……、分かったわ。ありがとう……カロル、ルイーズ」

ドキドキしながらそう呼びかけると、二人は嬉しそうにニコニコと笑う。

いい人たちで本当に良かった。歳の近そうな優しい女性二人がそばにいてくれることは、一人ぼっちで新天地を訪れた私の緊張を大いに和らげてくれていた。

「さぁ、ではこちらでお召し物を……」

湯浴み場の近くへ移動すると、カロルとルイーズがいそいそとドレスを脱がせはじめる。……やっぱり気恥ずかしくて、なんだかいたたまれない。

でも、これからはこういうことが日常茶飯事になるのだから慣れていかなくちゃ、と、心の中でひそかに決意する。

(人に着替えを手伝ってもらうなんて……なんだかオーブリー子爵夫人や義妹たちになった気分だわ。そういえば、私がまだお父様やお母様と住んでいた頃は、きっと誰かが私の着替えを手伝ってくれていたはずよね。でも、もうあまりその時の記憶がないわ……)

ぼんやりとそんなことを思いながら羞恥心を紛らわせている時だった。

ふと気が付くと、手際よくドレスを脱がせてくれていたカロルとルイーズの動きが止まっている気がした。

(……?)

背中側にいるルイーズのほうにチラリと視線を送ると、彼女はほんの一瞬ハッとしたように私の顔を見て、慌ててまた手を動かしはじめた。カロルもそれに倣《なら》うかのように再びテキパキと動き出す。

(……そうよね。こんなに痩せ細った体を見たら、誰だってビックリするわ)

もしも何か聞かれれば「昔から体が弱くて、あまり食事もしていなくて……」と、オーブリー子爵夫妻から命じられている言い訳を使おうと思ったけれど、二人は何も言わずにいてくれた。

私を気遣ってくれているのだろうと、ますます二人に対して好感を持った。

「……では、こちらより寝室にお入りになり、旦那様をお待ちくださいませ」

「あ、はい。分かりました。……ありがとうございます」

(……あ。またこんな話し方をしちゃった)

湯浴みを済ませ夜着を着せられた後、カロルたちから夫婦の寝室に続く扉の前に案内される。

せっかく砕けた話し方でいいと言われていたのに、すぐに順応するのはなかなか難しい。

そんなことを考えながら、私は扉を開け、中に入った。すると、

「っ！」

マクシム様が、すでにそこにいらっしゃった。ソファーに座って何か飲んでいる。旦那様をお待ちくださいと言われたものだから、もっと後に来られるのかと思っていた私は、心の準備がなくビクリと肩を揺らしてしまった。

けれどマクシム様はそんな私をチラリと見ると、特に気にするそぶりもなく視線を逸らした。

「……来たか。少しは疲れがとれたか」

（……湯浴みのことを仰っているのだろうか）

そう思った私は、

「はい。あの、とてもゆっくりできました」

と小さく返事をする。

「そうか。……何か飲むか？」

「い、いえ。大丈夫です」

問われた言葉に私がそう答えると、マクシム様は一呼吸置いてゆっくりと立ち上がった。……やっぱり大きい。マクシム様もさっきまでの服装とは違い薄いガウンのようなものしか羽織っていないから、ますます体格ががっしりしているのが分かる。

マクシム様が部屋の奥にあるキングサイズのベッドに近付き、灯りを落とす。一気に暗くなった部屋の中で、小さくなったランタンの灯が、彼の姿をほのかなオレンジ色にゆらゆらと映し出していた。

そのまま私の元に近付いてくる彼の姿を見ているうちに、なぜだか心臓の音が激しくなる。

「……おいで、エディット」

低く静かなその声が、先ほどまでとは少し違い掠れている気がした。まるで、何かを堪えているように。

そしてそのまま返事も待たずに、私の体を軽々と抱き上げた。

「きゃっ……！」

驚きのあまり声が漏れる。

（なぜっ……？）

たった数歩歩けば辿り着く場所にベッドがあるのに、どうしてわざわざ抱き上げるのだろう。

たくましい腕に横抱きにされたまま声も出せずにいると、彼はそのまま歩き出す。こうして運ばれるふわふわとした感覚も初めて味わうもので、私はますます緊張して固まった。

どさり。

私の体が、ベッドの真ん中に降ろされた。

「…………っ」

……なぜだかマクシム様が私の上に覆いかぶさるようにしていて、そのまま私をじっと見下ろしている。瞳の中の銀色が、先ほどまでよりも妖しく光っているように見えて、背筋がぞくっとした。

たい。

(……怖い……)

私の顔の両横には、マクシム様の太い腕がある。こんな姿勢でいると、まるで捕らえられているみたい。

どうしたんだろう。なぜ、このまま動かないのだろうか。

目を逸らせずにマクシム様を見つめたまま硬直していると、ふいに彼の顔が近付いてきた。

「―――っ!!」

私の唇が、突然マクシム様の唇によって塞がれた。全身がビクリと震える。

〝口づけ〟をされたのだと気付いた時、唐突にぬるり、と味わったことのない感触がした。訳が分からず、頭が真っ白になる。だけど怖くて抵抗することもできない。

何度も角度を変えながら与えられる濃密な口づけに怯えながらも耐え、しばらくされるがままになっていると、ほどなくして、マクシム様の顔が離れた。

思わずはぁっ、と深く息をつく。ほとんど呼吸ができていなかったことに気付いた。

「……いいんだな? エディット」

(……え……?)

何を問われているんだろう。分からない。

縋る思いでマクシム様を見上げると、彼の灰色の瞳の奥に燃え滾るような熱を感じた。何をすればいいか、どう答えればいいの分からず、私はひたすらマクシム様を見つめていた。

「……あなたが嫌なら、無理強いはしない。……つもりだ。俺のこの痩せ我慢がいつまで持つかは分からないが」

「……っ、……あ……」

何か答えなきゃ。でも本当に分からない。

どういう意味ですか？　なんて尋ねて、不快な思いをさせてしまったらどうしよう……。

きっとこの方は本来ならば当然知っているはずの何かを、私に問うているのだと思う。私がただ、何も知らないだけで。

覆いかぶさるような格好のまま私を見つめ返していたマクシム様が、怪訝そうな低い声で言う。

「なぜ何も言わない、エディット。……俺はどうすればいい。このまま夫婦として、夜を過ごしても構わないのか」

心臓がドクドクと脈打ち、激しく暴れ出す。

義父母であるオーブリー子爵夫妻の恐ろしい顔が頭に浮かんだ。

『間違っても！　辺境伯のご機嫌を損ねて返品されるようなことになるんじゃないわよ！　分かったわね!?』

「……っ、……は、……はいっ……」

とにかく、同意しておこう。妻として、あなたに逆らう気持ちはないという意志を示さなければ。

上擦る声で返事をし私が頷くと、マクシム様はほんの少し表情を和らげた。

「……分かった」

そう呟くと、マクシム様は羽織っていたガウンをバサリと音を立てて脱ぎ捨てた。

「……っ！」

薄暗い中に浮かび上がる、その大きな体。首筋から肩にかけての太いラインも、腕も胸も、お腹も……。マクシム様の全身が硬い鎧のような分厚い筋肉で覆われているのが分かった。腕の太さが、私のウエストほどもある。

突然たくましい裸を見せつけられ、息をするのも忘れて固まる私の夜着も、マクシム様の手によってあっという間に剥ぎ取られる。肌を空気にさらされ、思わずひっ、と声が漏れた。

そのままマクシム様は、再び私に唇を重ねてきて――――

「――――っ‼」

その後に起こったことの衝撃は、とても言葉では言い表せない。

私はただ翻弄されるしかなかった。

どこもかしこも、体中に触れるマクシム様の指先、手のひら、唇。まるで自分の痕跡を私の全身に残すかのように丹念になぞられた後、経験したことのない激しい痛みが、荒波のように何度も押し寄せてきた。

揺らされる合間に必死で浅い呼吸を繰り返しながら涙をこぼし、苦痛のあまり漏れそうになる呻き声を堪えながら、私は指が痺れるほどの力でシーツを握りしめていた。

ショックだった。

自分の体なのに、意に反してただされるがままに体内を蹂躙されたようで、つらかった。これが夫婦の間になされる行為だなんて。誰にも教えられたことはなかった。

こんなことなら、先に知っておきたかった。聞いていれば、少しでも心の準備ができたのに……。

永遠に終わらないのではないかと思えたその行為からは、数刻後ようやく解放された。まだ続けたそうなマクシム様が、突然止めてくれたから。

彼は自分を私の中から引き抜くと、私を強く抱きしめて肩口に顔を埋め、切なげな深いため息をついた。

「……つらかったな。このまま休め」

低く響くその声に安堵し、私は全身の力を抜くとすぐさま意識を手放しかけた。ずっと緊張し強張っていた私の体と神経は、もうヘトヘトに疲れきっていた。

マクシム様が起き上がり、どこかへ行ってしまう。

しばらくして、体中を温かいタオルで拭われる感触がした。

（ああ、起きなきゃ……。これは私がして差し上げなくてはいけないことなんじゃないの……？　謝らなきゃ……）

頭の中でそう考えてはいるけれど、もうどこにも力が入らない。そのうち体が少し揺れ、再びベッドに入ってきたマクシム様に後ろから抱きしめられる。熱くて大きな硬い体が、私のこの小さくて細い体をすっぽりと包み込む。

（……温かい。気持ちいい……）

後頭部に何かが触れる。そのままますうっと眠りに落ちていきながら、私は思い出していた。必死に堪える合間に何度も聞こえていた、マクシム様の低く掠れた声を。

『……痛いか。……すまない。力を抜け、エディット。そのほうが楽だ』

『腕を回して、俺に掴まっていろ。……大丈夫だから……』

『……ああ……、エディット……』

感極まったように私の名を呼び、何度も気遣う言葉をかけてくれていた。今頃になってようやくそれらの言葉の意味を理解しながら、私はマクシム様に守られるように抱きしめられたまま眠りに落ちた。

怖くてつらかったはずのその夜が終わる時、なぜだか私の心は安らかな心地良さを感じていた。

（……ん……）

暖かい空間をふわふわと漂っているような気持ち良さの中で、徐々に戻ってくる、体に残る鈍い痛みの感覚。そして、私の背中を覆う、熱くて硬い筋肉の感触。

瞼を開ける前から、陽の光の明るさを感じる。そして、遠くに聞こえる小鳥の囀り。……朝になったらしい。

（えっと……、私は今、どこにいるんだっけ……）

はっきりと目が覚めないまま、私はぼんやりと自分の置かれた状況について考えはじめた。

その時だった。

「……なんだ、これは。……まさか……！」

（……？）

背後から聞こえてくる、低く唸るような声。驚愕を滲ませるその声に、ようやくはっきりと目が覚める。

（……マクシム様……。そうだ、私昨夜、彼と……）

ハッと我に返り、私はベッドに横たわったままの姿勢で慌てて後ろを振り返った。

「……あ、お、……おはよう、ございます、マクシム様……」

案の定、そこにはマクシム様がいた。昨夜脱力した私の体を拭いて抱きしめてくれたままの姿勢で、朝まで一緒に過ごしたのだと気付く。

けれどマクシム様は私の挨拶に返事をすることもなく、恐ろしい形相で私を問い詰めてきた。

「エディット、この痣は一体なんだ。ぶたれた痕じゃないのか？　誰にやられた」

「……？　……っ!!」

（あ……、し、しまった……!!）

一瞬なんのことを言われているのか分からずポカンとした私は、その直後、自分の体に無数にある痣のことを言われているのだと気付き、ドッと冷や汗が出た。

慌てて飛び起き、自分が裸のままであることに気付き、ますます頭が真っ白になる。急いでブランケットをかき集めるようにして体を覆い、それでも見えてしまっている肩や背中を長い髪で必死で隠す。

私にとってこれらの痣は、ずっと以前から当たり前のように体中に刻まれてきたものだから、すっかり失念していた。普通の人はこんなものを見たら驚くのだということを。

だって他の人たちは、誰も私のように折檻を受けて育ってきたわけじゃないもの。アデライドもジャクリーヌも、一度も体にこんな痣を作ったことはない。私だけ。私だけが、オーブリー子爵夫妻から毎日のように殴られ、蹴られ、引っ叩《ぱた》かれ、杖で打たれていたのだから。

(そうか……。だからあの時、カロルとルイーズは私の体を見て固まっていたんだわ)

私が痩せぎすだからというだけじゃない。むしろこの体中に残っている不自然な痣のほうが問題だったのだ。

そんなことを考えながら、私は体中にブランケットを巻き付け、それを必死で掻《か》き抱《いだ》く。

するとマクシム様も起き上がり、その大きな手で私の両肩をガシッと摑んだ。そして強い力で私を自分のほうに向き直らせ、真正面から私の瞳をしっかりと見つめる。

「言うんだ、エディット。この痣はなんだ。誰にこんな目に遭わされた」

「ひっ……、あ……」

その表情には激しい怒りが滲んでいて、私は恐怖のあまりどうにかなりそうだった。

(どうしよう……！　マクシム様が、こんなにも激しく怒っている……。昨夜はあんなに優しかったのに……)

初めての夫婦の行為に衝撃を受け、力尽きるように眠りに落ちた私の体を拭き、包み込むように抱きしめてくださった。朝までずっと、そのまま私を守るように抱いてくださっていたのに。

今目の前で、鋭い眼光で私を見据えるマクシム様の表情は、氷の軍神騎士団長と呼ばれる理由がよく分かるほどに凄まじい迫力と威圧感で。

あまりの恐ろしさに、私の目にじわりと涙が浮かぶ。全身に震えが走り、歯がカチカチと音を立てた。

(こ、こんな汚い体であることを隠していたから、怒っていらっしゃるんだわ……！　先に言っておくべきだった……。どうしよう……このままじゃ……！)

パニックに陥った頭の中で、オーブリー子爵夫妻が私を睨みつける。

『ナヴァール辺境伯からはうちへ法外な支援金を約束していただいているの。間違っても！　辺境伯のご機嫌を損ねて返品されるようなことになるんじゃないわよ！　分かったわね!?』

(も、もしも、こんな汚い体の私などいらないと言われて、マクシム様から離縁されてしまったら……。オーブリー子爵邸に帰されたら、私はきっとこれまで受けたことがないほどひどい目に遭わされるに違いないわ。それにもし、この痣が全て子爵夫妻によって負わされたものだとマクシム様にバレてしまったら……！)

『この、馬鹿娘が……！　余計なことは一切喋らず、ただただ辺境伯の要求に応えろとあれほど言って聞かせただろうが!!』

頭の中のオーブリー子爵が、怒り狂って私に向かって杖を振り上げる。

「……ちっ……違いますっ……！　違いますっ！　だ、誰にも、何も、されていませんっ……！　わ、私が……、私が自分で、ぶつけて……そう……か、階段から、落ちてしまって……！」

私はもう無我夢中だった。

どうにかしてマクシム様の怒りを鎮めなければ。この痣のことを、これ以上追及されないようにしなくては。だけれど、言葉が上手く出てこない。

混乱する頭の中で必死に言い訳を考えていると、私をジッと見つめていたマクシム様の両手の力がふいに緩められた。

「……そうか。それならいい。……悪かった。驚かせて」

マクシム様は打って変わった静かな声で突然そう言った。そして私の体をそっと抱き寄せ、こめかみに優しく口づけを落とす。

（……ゆ、許してもらえた、の……？）

心臓が狂ったように暴れ、痛いほど激しく脈打っている。

ガクガクと震えながら浅く速い呼吸を整えている間、マクシム様はもう何も言わず、ただ私のことを優しく抱きしめたまま、背中を擦ってくれていた。

（ビックリした……。本当に良かった、深く追及されなくて……。昨夜は部屋が暗くて、この痣の跡が見えなかったのね……）

早く全部消えてくれないだろうか。できるだけ隠したいけれど……夫婦が夜あんなことをするのなら、これから先もマクシム様にこの汚い体を見られてしまう。きっと彼は不気味に思ったはずだ。

マクシム様はあれからしばらく私の体を抱きしめ、背中を擦り続けてくれていたけれど、私の気持ちが落ち着いてくるとすぐ「仕事に行ってくる」と言って寝室を出て行った。

「お前はまだゆっくり休んでいろ」と言われたけれど、本当に休んでいていいんだろうか。妻なのだから、旦那様が出かける時にはちゃんと見送らなくてはいけないんじゃないだろうか。あ、でも義母は義父に対してそんなことはしていなかったような……。

それにしても、一晩を一緒に過ごしたからだろうか、今朝のマクシム様の言葉遣いや態度が、昨日より随分親しげになっている気がした。

だけど一人で急いで寝室を出て行ったのは、昨夜や今朝の私の態度が気に入らなかったからかもしれない。もし怒っていらっしゃったらどうしよう。オーブリー子爵家に不満を告げられたり離縁を申し出られたりしたら……。

そんなことばかり考えて、私はずっとビクビクしていた。ゆっくり休んでいろと言われた以上、まだ寝室から出て行きづらい。

気になって眠ることもできず、かといってすぐさま寝室を出て行くこともできず……。

昨夜の夜着を着直した後、私はマクシム様との会話やオーブリー子爵夫妻のことばかり考えて悶々としていた。

それからかなり時間が経った後、寝室のドアの向こう側から、控えめに声がかけられた。

「……失礼いたします、奥様……」

「っ!!」

「お目覚めでいらっしゃいますか……?」

「あ、は、はいっ……」

優しげな女性の声に少しホッとして、私はおずおずと立ち上がる。

するとゆっくりと開いた扉の向こうから、カロルとルイーズの顔が覗いた。


「ご無事でようございました。……と申し上げるのは、旦那様に対して失礼かもしれませんが……。とにかく、奥様の傷が少しも増えていなくて、やっぱりようございました」

「本当に！　実は私たち非常に心配しておりましたのでっ……」

朝の身支度を手伝ってくれながら、カロルとルイーズが嬉しそうにそう言った。

……やっぱり、二人とも私の体の痣を気にしていたみたい。それでも何も聞かずにいてくれる二人の気遣いに、私はひそかに感謝した。

「あなた方は……、このナヴァール邸に勤めて長いのですか……？」

昨日は到着したばかりで目まぐるしく、ほとんど会話ができなかった。この二人とゆっくり話をしてみたくなった私は、おそるおそるそう尋ねてみる。

すると湯浴みを済ませた私にドレスを着せてくれていた二人は、困ったように微笑んだ。

「ですから奥様、そんな話し方はお止めくださいませ」

「そうですよ！　こちらが恐縮してしまいますわ」

「あ、そうね……。ごめんなさい、慣れていなくて……」

昨日も「私たちは奥様の侍女なのですからどうぞ気楽に」と言われていたのに、つい遠慮がちな話し方になってしまう。

他人と気楽に話したことなんてないのだ。私にとっては、かなり努力が必要。

「ふふ、私たちも実は奥様とさほど変わらないのですよ、このナヴァール邸にやって来たのは」

「……え？　そうなの？」

「はいっ。私たちは数週間前にこちらで勤めはじめたばかりです！」

話を詳しく聞くと、この屋敷には彼女たちの他に年若い侍女はいないのだという。

マクシム様が当主となってから、不在がちな独り身の彼は「そんなに大人数は必要ないから」という理由で、使用人をだいぶ削減されたのだという。

「ですがこのたび奥方を迎えられるとなって、急遽若い侍女の募集が行われたのです。経験のある多くの女性に声がかかったようですが、誰もが辺境伯に恐れをなして、こちらでの勤めを引き受けなかったそうです。私たちも本当はすごく怖くてかなり悩みました。ですが……私は病気の父に仕送りをしたくて……」

「私も、弟や妹の学費を稼ぎたくて、意を決して面接に来たのですっ。お給金の条件はかなり良かったものですから」

「そ、そうだったの」

「はい。氷の軍神騎士団長の屋敷で働くなんて、一体どんな目に遭わされるんだろうかと、大変失礼ながら本当は怖くてたまりませんでした」

「ですが、とにかくお金を貯めるまでは耐えようと！　そんな覚悟でやって来たんですっ。……でも面接をしてくださった家令の方はとても優しいし、採用されてからご挨拶をさせていただいたら、旦那様もとても温厚なお方で！」

「そう……」

初めて聞くその話に私は驚いた。カロルとルイーズは楽しそうに話を続ける。

「ええ。旦那様は仰ったんです。これから屋敷に迎える妻は、見ず知らずの辺境の地にたった一人で嫁いでくる。きっと心細くて仕方ないだろうから、君たちが支えてやってほしいと」

「……マクシム様が……？」

「はいっ。ですがそう言われましても、誰もが恐れる軍神の元に嫁いでくることになった方なんて、失礼ですが、きっとものすごく気が強くて怖い方なんだろうなぁって、そう思っておりました……」

「ですから、奥様がこんなにたおやかでお優しい方で」

「私たち本当にホッとしたんですっ！　どうぞこれからよろしくお願いいたしますっ」

「こっ、こちらこそ……。ありがとう」

嬉しそうな二人にそう答えながら、胸の奥がじんわりと温かくなるのを感じていた。

（そっか……。マクシム様、私を迎え入れる前に、そんなことまで気遣ってくださっていたのね……）

ふいに、玄関前のあの可愛らしい花々のことを思い出す。

経験したことのないむず痒い気持ちにそわそわして、私の頬が熱を持った。

その日、マクシム様は夕方には帰宅され、私たちはまたともに夕食をとることになった。

ここに来た時に用意されていた数着のうちの一枚、淡いライラック色のドレスを身にまとった私は、高鳴る鼓動を落ち着かせながら食堂に向かった。

マクシム様がドレスまで準備してくださっていて本当にありがたい。正直、私はろくな服を持ってきていなかった。手ぶらで行くのもおかしいだろうと義母から持たされた服は、義姉や義妹のお下がりの、サイズの合っていないブカブカの古いドレスばかりだったのだ。

「体の調子はどうだ？」

私が食堂に入るなり、マクシム様からそう声をかけられる。今日こそは私のほうから、カロルやルイーズを雇ってくださったお礼や、今朝の失態についてのお詫びを言おうと思っていたのに。出鼻を挫かれて少し焦る。

「は、はい。大丈夫です」

「……痛みはないのか」

「……っ」

そう問われて、心臓が大きく跳ねる。昨夜の行為を思い出し、いたたまれず俯いた。

裸になって、あんな姿を見せて……なんだかすごく恥ずかしい……。それに、本当はまだ下腹やマクシム様を受け入れた部分に鈍い痛みが残っていた。

けれどそんなことを言ってはいけないと思い、私はまた本心とは別の言葉を紡ぐ。

「……はい。もう、大丈夫です」

「……」

マクシム様はそれ以上追及しなかった。座れと言われ、私はマクシム様の差し向かいの席につく。ドキドキしながら、今度はこちらから口を開いた。

「……あ、あの。……侍女たちから、聞きました。私のために、彼女たちを……。ありがとうございます」

私がそう言うと、マクシム様はほんの少しそのグレーの瞳を見開く。

綺麗だな、と思った。

背がとても高くてがっしりとした威圧感のある体格をしているから、その雰囲気でつい怯えてしまうけれど、よく見ればマクシム様のお顔立ちは本当に整っていらっしゃる。特に、この銀色の光を帯びた瞳の色は本当に素敵で、なんだかとても心が落ち着く。

「いや……。どうだ？　上手くやっていけそうか」

「は、はい。カロルもルイーズもとても明るくて、素敵な人たちです。彼女たちと話していると楽しくて、気持ちが落ち着きます」

「そうか。良かった」

そう答えたマクシム様は柔らかく微笑んでいて、本当にそう思ってくださっていることが伝わる。

（……いい人なんだな、とても）

マクシム様の優しい雰囲気に勇気が出て、私はさらに自分から話しかけた。

「そ、それにこのドレスも……。とても素敵で、嬉しいです。玄関の前の可愛いお花たちも、全部……。私のためにいろいろと準備してくださって、本当にありがとうございます」

「……お前が気に入ってくれたなら、良かった。俺は何をすれば女性が喜ぶのかなど、今一つ分からない。前にも言ったかもしれないが、何か不便があれば言ってくれ。なんでも揃えるから」

「……はい」

その温かな言葉が嬉しくて、頬が熱を帯びる。

昨夜はとても怖い思いもしたけれど、やっぱりこの人は私を痛めつけようとしたわけじゃない。あれは夫婦の間に必要な儀式なんだと思う。

その後食事をしながら、ポツリポツリと言葉を交わした。

「……あの……、マクシム様のお仕事は、どのようなものなのですか？　私も、あなた様の妻になったわけですから……お仕事のお手伝いをさせていただきたいのですが。わ、私にできることが、あれば……」

「俺はこのナヴァール辺境伯領の領主でもあり、私設騎士団の団長でもある。騎士団のほうは特にお前に頼みたい仕事はないが、領民たちの生活を守るために領主としてやるべき仕事は多岐にわたる。いずれはお前にもいろいろとやってもらいたいが……、まぁ、当面は気にしなくていい。まずはお前自身がここでの生活に慣れることが先だろう」

「は、はい」

聞いておきながら不安になってきた。

何せ私は物心ついた時からオーブリー子爵邸での下働き以外何もしてきていないのだ。貴族令嬢としてのまともな教育さえ何も受けていない。教育係も私にはつけてもらったことがないし、学園にも通っていない。勉強らしい勉強をしたことがないのだ。

私にできることといえば、掃除や洗濯……、あとは多少料理をしたり、お茶を淹れることくらい。

（どんなことをすればいいのかしら。領主の妻の仕事って、私に務まるのかな。そもそもマクシム様は、私がこんなに何もできないことをご存知なのだろうか……）

スープを口に運びながら、頭の中にはまた新たな不安が芽生えていた。

「お前は？　今日は何をして過ごしていたんだ？　エディット」

ふいにマクシム様がそう尋ねた。私は慌てて答える。

「あ、はい……。えっと……、朝はゆっくり過ごさせていただきました」

体のあちこちが痛かったし、マクシム様もゆっくり休むよう気遣ってくださったから。

その話をしていると、また昨夜のいろいろを思い出して気恥ずかしくなる。

「それから、カロルやルイーズとお喋りをしたり、家令のフェルナンさんに邸内のまだ見ていないところを案内してもらったりしました。……構いませんでしたか？」

「ああ、もちろん。どこも殺風景なものだったろう。もうここの女主人はお前なのだから、好きなように飾ったり、調度品やら何やら買い足したりしていいんだぞ。やりたいことがあれば、遠慮しなくていい」

「あ、ありがとうございます」

良かった。今朝そそくさと寝室を出て行ってしまったマクシム様だけど、特に怒っているわけでも不機嫌なわけでもないみたい。きっと本当にお仕事がお忙しかったのだろう。

昨日よりもだいぶ会話が弾んでいることに、私は安心していた。

だけど……この後また昨日のように一緒にベッドに入るのかと思うと、やっぱり恐ろしさが拭いきれなかった。

この後のことを考えビクビクしていた私だったけれど、食事が終わる頃、マクシム様が言った。

「今夜から俺はしばらく別の寝室で寝ることにする」

「……え……？」

「雑務が溜まっていてな。日中は忙しいから、寝る前に少しずつ片付けるつもりでいる。お前は何も気にせず、しばらく一人でゆっくり休むといい」

「……っ、わ、分かりました……」

それを聞いた瞬間、正直ホッとした。今夜からしばらくはあの痛みを味わわずに済むのかと思うと、ありがたかった。

けれど、ひ弱な私の心はまたすぐに不安を感じる。

（マクシム様……、まさか私と一緒に夜を過ごすことが嫌になったんじゃ……）

そう思った途端に、頭の中にはまたあの二人の顔が浮かんでくる。

私を憎々しげに睨みつけ、怒鳴り、蹴り、杖でぶってくる義父母の顔が。


その夜。

昨夜マクシム様と過ごした大きなベッドの中で、私は一人ゆっくりと朝まで眠ったのだった。長旅や緊張の連続でまだ疲れが溜まっていたのか、自分でも驚くほどにぐっすりと眠ることができた。

翌日は、マクシム様と顔を合わせることがなかった。

朝早くからもうお仕事に行かれたそうで、帰りも遅く、夕食は一人でとることになった。

そんな日が何日も続いた。朝食だけ一緒にとった後マクシム様がそそくさと出て行ってしまったり、また夕食の時にだけ顔を合わせたり。

けれど、夫婦の寝室で一緒に眠ることは決してなかった。「まだ仕事が残っているから」「お前は先にゆっくり休め」、いつもそう言ってすぐに執務室にこもってしまう。

時折、去り際に私の頬を少し撫でたりするけれど、私がお顔を見上げるとマクシム様はふいっと目を逸らしてすぐに行ってしまった。

「……」

一週間も過ぎる頃には、不安が大きくなりだんだんと眠れなくなってきた。

（私……、避けられている……？）

そう思い至ったその日の夜、私はベッドの中でブランケットを被り、頭を悩ませた。

一体どうして。何がお気に召さなかったのだろう。顔を合わせればマクシム様はいつも優しく接してくださるけれど、こんなにずっと夫婦の寝室さえ使われないなんて、私が何かしてしまったからに決まっている。

『ナヴァール辺境伯からはうちへ法外な支援金を約束していただいているの。間違っても！　辺境伯のご機嫌を損ねて返品されるようなことになるんじゃないわよ！　分かったわね⁉』

『余計なことは一切喋らず、ただただ毎日辺境伯の要求に応えるんだ！　泣き言を言ったりしてご機嫌を損ねるなよ。これまで何不自由なく育ててきてやったんだ。あのろくでもない夫婦の娘であるお前を。恩を感じているのなら最後くらいはしっかりと役に立て。分かったな!!』

「――――っ！」

オーブリー子爵夫妻の言葉がすぐ耳もとで聞こえるようだった。

私ったら。何を呑気に一人でぐっすり眠っていたんだろう。謝らなきゃ。マクシム様が何かお気に召さないことがあるのなら、私がちゃんと直さなきゃ。

とめどなく押し寄せる不安にいたたまれなくなり、私は一人ブランケットをギュッと握りしめ、祈る思いで夜を過ごした。


そんなことが続いたある日、夕方仕事から帰ってきたマクシム様は私とともに夕食をとった。

神経を張り詰めて、注意深くマクシム様の様子を観察してみたけれど、やはり不機嫌な様子は見られない。

（一体どうして……なぜ寝室にいらっしゃらないのだろう。もしかして……私からお誘いしたほうがいいの……？）

なんの知識もないから本当に困る。

何かしきたりがあるのだろうか。たとえば、二度目の夜は妻から誘わなければならない、とか。そうではなくて、一定の日数が経ってから次を迎えるものだとか。

どうしよう、どうしようと会話も上の空になりながら悩んでいると、お肉を口に運んでいたマクシム様が突然こう言った。

「エディット。今夜は湯浴みを済ませたら寝室に行く。お前に渡したいものがあるんだ」

「……っ！　し、承知しました、マクシム様」

ドクッ、と心臓が大きく跳ねて、返事をする声が上擦ってしまった。

ついにマクシム様が、夫婦の寝室に……。

安堵と、そしてまた別の不安と緊張で、もうそれ以降は食事の味も分からなかった。


その夜。

カロルたちに手伝ってもらって夜着に着替え身支度を終えた私は、先に寝室に入りマクシム様を待った。

（ベッドに腰かけるよりも、ソファーに座って待つべきかしら……）

そんな些細なことで悩み部屋の中をウロウロしていると、ふいに寝室の扉が開く。

「……っ」

あの夜のようにガウンを羽織ったマクシム様が、髪を濡らしたまま部屋の中に入ってきた。胸元の少しはだけたその姿を見た途端、なぜだか私の心臓が大きく跳ねる。

マクシム様は、右手に何か持っているようだった。

「待たせたな、エディット。……おいで」

「は……はい……」

マクシム様はベッドサイドに腰かけると、自分の隣を大きな手のひらでポン、と叩く。

緊張で震える足を無理やり動かしながら、私は彼の元へ向かった。

「エディット。手を見せろ」

（……？）

なんだろう。

私はマクシム様の隣に腰かけると、言われるがままに両手を差し出した。

するとマクシム様は「片方ずつな」と言って、私の右手を取った。

マクシム様は手に持っていた小さな容器をサイドテーブルに置き、片手で器用にそれを開けると、中からその手にクリームらしきものを取り出し、私の手の甲にそっと塗った。

「マ……マクシム様……？」

「……これは美容に特化した、異国の薬品らしい。よく分からんが、保湿効果がどうとか……、傷の治りも早くなるそうだ。覚えているか？　あの日の夜会で俺より先にお前に声をかけた男、セレスタンというんだが、奴が手に入れてきてくれた」

「……あ……はい。覚えております」

マクシム様の言葉に、銀髪に翡翠色の瞳の美男子の顔が頭をよぎる。

あの方か。すごく優しかったのを覚えている。

嘔吐して倒れた私を怒鳴りつける義父母のことも、たしなめてくれていたっけ。

私が記憶を辿っている間にも、マクシム様は優しい手つきで私の手の甲や指にそのクリームを塗り続けている。

……なんだか……そのぬるりとした丁寧な指の感触に、腰の辺りがやけにむずむずしてくる。

「……あ、あの……マクシム様……、私、自分で……」

「いい。俺にやらせろ。……最初から気になっていたんだ。こんなに手指を荒らして……。痛々しく思っていた」

「……っ」

たしかに、長年続けてきた水仕事などで、私の手はどこもかしこもひどく荒れてガサガサになっていた。

マクシム様はこの手に気付き、気にかけてくれていたんだ……。

すみません、ありがとうございます。わざわざ異国から取り寄せていただくなんて、きっととても高価なものなのですよね。

そうお礼を言いたいのだけれど……マクシム様の体温の高い、固い指や手のひらの感触が、摩擦のない滑らかなクリームの感触と相まってなんともいえない妙な感覚に陥るのだ。

気を抜けば変な声が出てしまいそうで、私は唇をギュッと引き結ぶ。

「……次はそっちだ」

マクシム様が私の左手を持ち上げ、同じようにクリームを取り丹念に塗り伸ばしていく。カサカサになって赤くひび割れていた手の甲や指先が、まるでマクシム様に優しく癒やされていくようで、気持ちが良かった。

だ、だけどっ……。

「……っ」

腰の辺りがぞくぞくしてジッとしていられず、思わず両膝をモゾモゾと擦り合わせる。

なんだろう、これ……。

くすぐったいのかなんなのか、マクシム様がぬるりと撫でるように指先を滑らせるたびに、全身がビクリと反応しそうになり、しかもだんだんと心臓の鼓動が激しくなってきた。

……体が……、熱い……。

マクシム様の指先が、私の指の間にずるりと入り込んだ。その瞬間、

「んんっ……！」

背筋を駆け抜けた電流のような感触に、思わずみっともない声が漏れてしまった。

(や……やだっ……！　私ったら……！)

なんだろう。今の甲高い、甘えたような変な声は。

恥ずかしくて恥ずかしくて、体中がカッカと火照って汗が滲む。たまらず顔を伏せ、ふるふると震えた。

「……エディット」

その時。

聞いたことのないようなひどく掠れた声でマクシム様に名を呼ばれ、私は真っ赤な顔をして涙目の

まま、おずおずと彼を見上げた。

「……今夜は、お前に触れさせてくれ」

切ない声音でそう囁いたマクシム様の瞳の奥には、燃え滾るような熱があった。


初めての夜とは、何もかもが違った。

あの時のような強烈な痛みはなく、その代わりに形容しがたい不思議な感覚を味わっていた。

熱くて、苦しくて……、それでいてただつらいだけではない。

体感したことのない、快楽に近い何か。

ぎゅっと目を閉じて熱い呼吸を繰り返し刺激に耐えながら、時折ぼんやりと目を開き、私の上にいるマクシム様を見上げる。

額やたくましい胸に汗の粒を浮かべ、獰猛な獣のような瞳で私を見つめながら息を荒げるマクシム様に、どうしようもなくドキドキした。

普段の温厚さをかなぐり捨ててただひたすらに私を求めるマクシム様の、その瞳の銀色の光が、経験したことがないほどに私の体を熱くさせた。

時間が経つにつれ、私はマクシム様の固い腕に無我夢中で爪を立て、やがて堪えきれずに声を上げた。

熱に翻弄されるようなその時間が終わりを迎えた時、私の胸はいいようのない幸福感で満たされていた。

「……すまなかった」

「……。……え？」

「決して無理をさせないと決めていたはずなのに……。つらくないか？」

いまだ火照りの冷めない体をくっつけ合ったまま、彼の腕の中でうつらうつらしていた私は、その声にふと正気を取り戻した。

間近で見上げたマクシム様のお顔は、なぜだかとてもバツが悪そうに見える。

「私は、大丈夫です。……どうしてそんなお顔をなさっているのですか……？」

「それは……、何度も求めてしまったからだ。お前はまだ不慣れで痛いはずなのに。……悪かった。つらいだろう」

「……いえ、大丈夫ですよ」

「嘘をつけ」

「ほ、本当です」

「……お前はいつも無理をしている。だからなおさら心配になるんだ」

「……」

困ったように眉間に皺を寄せながら、マクシム様がそう言った。

けれど、私は本当につらくない。

最初の時に比べたら痛みもそれほどなかったし、何より、あの時の訳も分からぬまま蹂躙されていくような感覚が一切なかった。

むしろ、この人からこんなにも強く求められているんだって思うと、無性に体が熱くなってきて……。

最初の時とは心の余裕が全然違ったからかもしれない。

それにしても……私がいつも無理をしている、なんて。マクシム様には、何をどこまで見抜かれているんだろうか。

「……私は本当に大丈夫です、マクシム様。今日は少しもつらくありませんでした」

「……。本当なのか?」

「はい」

「……。エディット、俺たちは夫婦だ。お前が困っていることやつらいことがあったら、なんでも正直に話してほしい。……頼むから」

「は、はい……」

そうはいわれても、私本当にそんなにつらくないんだけどな……。強いていえば……。

「あ、あの、……つらくはないのですが、体は疲れてしまったので、ちょっぴり眠い、です」

言われた通りに正直にそう答えると、マクシム様はほんの一瞬目を丸くしてクスリと笑った。

「……そうか。お前は本当に可愛いな、エディット」

「……っ?」

マクシム様の笑顔と、ふいに言われたその言葉にまた心臓がドキリと跳ねた。

（……あ。そういえば……）

ずっと気になっていた。聞いてみたかったけれど、聞く勇気が出なくてここまで来てしまったんだった。

だけど今なら、なんだか素直に聞けそうな気がする。

「マクシム様」

「なんだ？　エディット」

そう返事をしながら、マクシム様は腕の中の私を愛おしむように額にキスをする。

私の髪をゆっくりと撫で、耳をなぞる。

「あの……どうしてマクシム様は、私のことを妻にと望んでくださったのですか……？」

「……っ」

「私は……、あの夜会の日、あなた様とほんの少し会話をしただけです。いえ、会話というよりも……」

むしろ、ただ迷惑をかけただけ。

初めて話しかけてきてくださったこの人に、いきなり粗相をしてお召し物を汚し、介抱させてしまったのだから。

私の言葉を聞いたマクシム様は私を抱き寄せると、私の頭に顔を埋め、脱力したようにはぁー……と深くため息をついた。

「……そうだ……。肝心なことを、俺は……。何をすっかり舞い上がって……」

「……？　マクシム様……？」

何かブツブツ言いながら悶えているマクシム様の様子が気になり困っていると、彼は片手で顔を覆ってまた深く息をついた。

「そうだな。俺はお前に肝心な話をしていなかった。……俺の父は、昔お前の父君や先代バロー侯爵にとても世話になったんだ」

「……え……？」

予想もしていなかったマクシム様の言葉に、目が点になる。

(私の、お父様や、お祖父様……？)

マクシム様は、低く静かな声で語りはじめた。

「田舎の貧しい下級貴族の次男だった俺の父は、独立して身を立てる術を得ようと、若い頃一人王都にやって来たらしい。なんの後ろ盾もない父はがむしゃらにいろんな仕事に手を出しては、失敗もたくさんした。そのうち剣術の腕が認められ雇用試験に合格した父は王宮勤めの騎士となり、その頃大臣だった先代バロー侯爵と出会い、随分良くしてもらったそうだ。そして文官だったエディットの父君とも出会った」

「……そう、なのですね……」

初めて聞く、祖父や父の話。

なんだかとても不思議な感覚だった。

「俺の父はその頃にはすでに結婚し、俺も生まれていた。……無鉄砲な男だ。騎士として勤めはじめるまでにいくつもの仕事に失敗し、不慣れな事業まで始めようとして借金なんか作っていたのに、そんな中で母と出会ってさっさと子どもまで作っているのだから。……それでも王宮で真面目に働き剣術の腕を磨き続ける父に、先代バロー侯爵は何度も手助けしてくださったそうだ。エディットの父君も、俺の父の友人として様々な助言をしては無茶ばかりする父の生活を見守っていてくれたようだ。一時期エディットの父君は、ひそかに俺の父母にまとまった金も貸してくれていたそうなんだ」

「……そんな……」

全く知らない人の話を聞いているみたい。

私がオーブリー子爵夫妻からずっと聞かされていた父とは、まるで別人のような……。

「月日が経ち、やがて父は他国との戦争に駆り出され、前線に旅立った。誰よりも大きな武勲を挙げ異例の辺境伯の地位を賜り、王都を去る前に、一家でエディットのご家族に挨拶に行ったんだ。バロー侯爵邸にな。……そこで俺は、初めて君に会った」

「……えっ。わ、私に、ですか？」

黙って聞いていたら、ふいに私の話になって驚く。

私、マクシム様とお会いしたことがあったの……!?

「当時俺は十二歳、お前はまだ五歳だった。……その頃からすでに可愛かったよ、ものすごく。たった五歳の少女相手に少し動揺したものだ。お前は無邪気な瞳で俺を見上げていろいろと話しかけてくれていたよ。……可愛かった」

噛みしめるようにそう言って私を抱き寄せ、こめかみにキスをするマクシム様。

その体温と優しい感触が、とても心地いい。

「ど……どんなことを話していましたか？　その時の私は」

「さぁ、なんだったかな。このお人形の名前がどうとか、庭の大きな木のブランコがどうとか、脈絡のないことを次々喋っては、初めて訪れる屋敷で緊張している俺を和ませてくれていたよ」

「……そうなんですね……ふふ……。ビックリしました。そんな幼い頃にもう、マクシム様と出会っていたなんて」

初めて聞く自分の幼少の頃の話はとても楽しくて、私はマクシム様の分厚い胸板にくっついたままクスクスと笑った。優しいマクシム様の声がとても心地いい。

「ああ。お前の母君も、とても優しく美しい人だったよ。今のお前によく似ていたな。……両親と俺は、その後このナヴァール辺境伯領にやって来た。父は最初のうちエディットの父君と頻繁に手紙のやりとりを続けていたようだが、領主として不慣れな仕事に忙殺されたり、また遠征に行ったりと慌ただしくしている中で、徐々にやりとりも途切れがちになってきたらしい。そして数ヶ月が経つ頃、父は他国に旅立ったんだ。王命により、同盟国の戦に助力するために。残された母は毎日死にもの狂いで領主としての仕事に没頭していた。まだ幼かった俺も、母を助けながら自分の剣術を磨き続けたよ」

「……そう、なのですね……」

マクシム様は懐かしむように静かに話しながら、ずっと片手で私の後頭部を撫でてくれている。

……低い声とその優しい手のひらの感触が脳の奥にじんわりと響くようで、気持ち良すぎてまたウトウトしてしまう。もっとちゃんと、聞いていたいのに……。

「数年が経ち、父は足に大きな怪我を負い帰還した。俺はその父から家督を継ぎ、この辺境の地でがむしゃらに仕事と鍛錬に明け暮れたよ。そんな中で、ある日噂で聞いたんだ。あのバロー侯爵夫妻がもう何年も前に亡くなり、一人娘が遠縁に引き取られたらしい、と」

「……うん……」

マクシム様……ご両親も……大変だったんだな……。

「俺もこの領地と領民たちの生活を守りながら、遠征に行き、武勲を挙げ、その傍らどうにかしてお前の行方が分からないものかと探し回った。あの夜、ようやくお前を見つけた時は感動した。……まさかこんなに、綺麗になっているなんて……」

マクシム様は少し掠れた声でそう言うと、私の額にキスをする。

全身を包み込むように抱きしめられ、もう私は限界だった。

「……マクシム、さま……。私……、父や母の、いい話って……初めて聞きました……。うれしい……」

「……そうなのか？」

「うん……。ずっと、ひどい人たちなんだと、おもってた、から……」

「……なぜだ？」

だんだんと呂律の回らなくなってきた口で、懸命に睡魔と戦いながら私はマクシム様に答える。

……ううん、これってもう、夢の中なのかな……。

「オーブリー子爵夫妻から……ずっとそう、いわれてた……。しゃっきんまみれの、ひどい夫婦だったって……。めいわくばっかり、かけられた……て……。だけど……、人の役にたったことも、あったんだ……ね……」

「……バロー侯爵夫妻がか？　まさか。彼らは素晴らしい人格者だった。助けられていたのは俺の両親だけじゃない。困っている人には積極的に手を差し伸べ、領民たちからもとても慕われていたそうだ。それに、借金など……。父に聞いていた話では、バロー侯爵領はとても潤っていたそうだぞ。先代の頃からずっと素晴らしい経営手腕を発揮して、事業も大きく成功していたと。浪費などしない、堅実で実直な人柄のご夫婦だったはずだ。金に困っている話など、聞いたことがない」

「……。そう、なら……いいのに、な……」

私はそこで意識を手放した。

ああ、気持ちいい。マクシム様の腕の中――

私は幸せな夢を見た。

花々が一面に咲き乱れる中、大きなお屋敷が建っていて、その周りを小さな私が、可愛らしいお人形を抱えたまま楽しそうに走り回っている。大きな木とブランコ。ぼんやりとしか顔を覚えていない父と母が優しく微笑みながら、私の姿を見守ってくれている。

向こうのほうに、まだ子どもの姿のマクシム様が立っているのに気付いた。私は嬉しくてたまらなくて、全力で走って行って彼の腕の中に思いきり飛び込んだ。

マクシム様はそんな私をギュッと抱きしめてくれた。

強くて、温かくて、とても優しいその腕の中で安心し、私は幸せに浸っていた――

翌朝マクシム様の腕の中で目を覚ました私は、昨夜の幸福感が一瞬にして吹き飛んだ。

(……え……？　ちょっと待って……。どこからが夢？　私……、何か余計なことを喋ってしまった、気がする……！)

昨夜マクシム様と二度目の夜を過ごし、そのまま彼の腕に抱かれてたくさんお話をした。体力なんてまるっきりない私は営みの後すでに疲労困憊していて、そんな中で与えられるマクシム様の温かくたくましい腕枕の感触と、低く響く心地いい声に、我慢できずに眠ってしまった。

……けれど、その前に……。

(ここに来て以来初めて、マクシム様とあんなにたくさんお話しできて嬉しかった、けれど……、父や母の話を聞いたのは、現実だったわよね……？　わ、私その後、オーブリー子爵夫妻から言ってはいけないと言われていることを喋ったりはしなかった……？　どこからが夢……？)

心臓がドクドクと激しく音を立てる。

私は……病弱な娘で、だからずっとオーブリー子爵家の屋敷に引きこもっていて……。

だけどそれは表向きの理由で、本当は私が口を滑らせて、父母であるバロー侯爵夫妻の悪行を誰かに漏らしてしまわぬため……。オーブリー子爵家にとっても、縁戚の醜聞は恥となるから……って……。

「エディット。目が覚めたのか？」

「っ‼」

声をかけられ慌てて顔を上げると、マクシム様がいつもと変わらぬ優しい眼差しで私を見つめていた。ますます緊張し、私は固唾を呑む。

「お、おはようございます、マクシム様……」

「ああ。おはよう。……可愛い寝顔だった」

「っ！」

そう言うとマクシム様は私を抱き寄せ、頬に口づけをした。素肌の触れ合う感触が、気持ちいい。

けれどふいにマクシム様は私から離れ、起き上がるとガウンを羽織った。チラリと見えた筋肉の盛り上がった大きな背中には、いくつもの古い傷痕があった。戦いの最中に負ったものなのだろう。

「……もっとお前に触れていたいが、朝から自制が利かなくなりそうだ。……先に行く」

そう言うとマクシム様はいそいそと寝室を出て行ってしまった。しばらく時間が経ってからその言葉の意味を悟った私は、一人赤面した。

「たくさん食べるんだぞ、エディット。毎食必ずな。お前は今にも折れてしまいそうなほどに細い。しっかり食べて、体力をつけてくれ」

「は、はい、マクシム様」

そう声をかけてくださるマクシム様に返事をしつつも、朝食の間、私はずっとビクビクしていた。

思い返せば思い返すほど、やはり自分が余計な話をしてしまった気がするのだ。

（ど、どうしよう……何か突っ込まれたら……。両親の借金とはなんの話だ？　なんて言われたら。どう言ってごまかせばいいだろう）

そんなことを考えながらマクシム様の顔色をチラチラ覗っていると、マクシム様の口から私の予想とは全く違う言葉が出た。

「お前がここに来てから、もうだいぶ日が経ったな。まとまった休みがとれたら、南方の別邸にいる両親の元へ顔を出そう」

「は、はい」

「結婚式に関する相談もしておきたい。……お前は誰か式に招きたい人はいるのか？」

「い、いえ……」

私にはそんな人はいない。オーブリー一家はもちろん私の結婚式になんか来る気はないだろうし、私には他に知り合いもいない。

「友人や知人は？　いないのか」

「はい……。私はオーブリー子爵邸に引き取られてから外に出たことがありませんので、友人などもおりません。……び、病弱、でしたので……ずっと……」

言い訳がましく聞こえはしないだろうかと怯えながらも、オーブリー子爵夫妻に言われていた通りにそう答える。少しでも昨夜の失態を挽回しなければ。

するとマクシム様は特に気にする様子もなく言った。

「そうか。俺の方も社交は苦手で他の貴族家の人間で呼びたい知り合いなどはいない。俺の両親と、まぁ仕事仲間ぐらいで内々でやろう」

「はい」

それからしばらくの間、マクシム様と私は食事をしながら当たり障りのない会話を続ける。

……良かった。

昨夜の私の話、特に気になさってはいないみたい。大した話じゃないと思っていらっしゃるのかも。

寝ぼけた私の妄言だと思って、早く忘れてくれたらいいな。

「……他には？　エディット。何かここでやってみたいことはあるか？」

「えっ……？」

「俺の両親に会い、式を挙げる。その他に、興味のあることがもしあればなんでもやってみたらいい。

……ああ、領地の視察は今度俺が回る時に連れて行くが」

「……っ、えっ……と……」

突然そんな風に話を振られて少し焦る。

やってみたいこと……。考えたこともなかった。

そういうことを考えない人生だったから。私はただ、命じられるままに掃除や洗濯をし、義母や義姉妹の世話をしてきただけで……。

（……！　そうだ……）

ふと思いついたその考えだけれど、口にするのを躊躇してしまう。

……言ってみても、いいのかな。厚かましくはない……？　お金がかかるかも……などと逡巡していると、すかさずマクシム様が私に問いかける。

「どうした、エディット。なんでも言えと言ったはずだぞ。お前の望みはなんでも叶えると」

「は、はい……」

ドキドキしながらも、私は自分の要望を口にしてみた。

「私……、勉強がしてみたいです」

「……勉強？　やりたいことが、勉強なのか？」

怪訝そうなマクシム様に、私は言った。

「はい。私はこれまで、学園に通ったり家庭教師や教育係をつけてもらったことがありません。だから、他のご令嬢方が嫁ぐまでに学んでいる様々な知識を、何も持たないままここへ来てしまいました。

……あ、あの、本当に体が弱かった、ので……」

「……なるほど」

「ですから、これからマクシム様の妻として、領主の妻としてやっていくうえで必要なことを学ばせていただきたいんです。きっと今のままでは……私はろくなお手伝いができない気がします……」

「……」

マクシム様は私をジッと見つめたまま、何も言わない。

この方ならこんな私のことを受け入れてくださるんじゃないかと思って、勇気を出して言ってみたけれど……やっぱり失敗だっただろうか。

「あ、呆れましたか……？　ごめんなさい、何も知らない妻で……。ずっと、寝たきりだったものですから……」

「いや、そんなはずがないだろう。むしろ嬉しく思っているよ。お前が俺の良き妻であろうとそんなにも前向きでいてくれることが。……分かった。それなら良い教育係を探させよう。一言で教育といっても学習科目は多岐にわたるだろうし、いろいろやってみて、お前が特に興味を持ったものを重点的に学ぶのもいい」

「あ、ありがとうございます、マクシム様！」

マクシム様のその返事が予想以上に嬉しくて、胸が高鳴った。

勉強させてもらえる……！

人生で初めての経験だ。厳密にいえば、実の両親の元にいた時に誰かから行儀作法などを教えてもらっていた気がするけれど、それらはもうほとんど記憶にも残っていない。

頑張ってしっかり勉強しよう……！

私もマクシム様のお母様のように、領主の妻として夫を支えられるようになりたい。

私にこんなに優しくしてくれるマクシム様を、支えられるように……。

「じゃあ、俺はそろそろ出かけてくる。お前は好きなことをしてゆっくりしていろ。何かあったらフェルナンに言え。また帰ったら今日の話を聞かせてくれ」

「は、はい。……あ、あの、マクシム様」

「？　どうした？」

いつものように私を気遣う言葉をかけてくださった後、さっさと食堂を出て行こうとするマクシム様を呼び止めると、私は言った。

「あのっ……、手に塗る、あのクリーム……、ありがとうございました。う、嬉しかった、です。すごく……」

やだ……。まだちゃんとお礼を言っていなかったから伝えたかっただけなのに……また思い出してしまった。

マクシム様にクリームを丁寧に塗られた時の、あのぞくぞくするような妙な感覚と、自分が変な反応をしてしまったことを。

「……ああ。毎日何度かこまめに塗るといい。……時間がある時は、俺が塗ってやるから……」

私から顔を背けるようにして完全に向こうを向いてしまっているマクシム様の声が、なぜだか少し上擦っている。

「はい。ありがとうございます。……あと……あの、玄関ホールまで、お、お見送りさせてください……」

「……。……ああ」

ドキドキしながらそうお願いしてみると、マクシム様の耳朶がほんのりと赤く染まった。

幕間　エディットへの想い

（ああ……。ダメだ、もう……歯止めが利かん……）

騎士団の詰め所に顔を出して書類を片付けながら、俺は今朝のエディットの可愛らしい姿をまた思い出し、ニヤけそうになる顔を覆って深く息をついた。

なんだあれは。あの可愛さは。お見送りさせてください、だと？

あんな甘えるような可愛い声でそんなことを言われて、しずしずと俺の後ろをついてきて「いってらっしゃいませ、マクシム様」などと言われたらもう……。

（たまらん……。可愛すぎて片時も離したくない。四六時中連れ回したくなるじゃないか）

それに昨夜も――

決して妙な下心があったわけではない。

……いや、微《かす》かにはあったかもしれない。が、何より俺はあの痛々しいエディットの手指の荒れを治してやりたかったんだ。ただそれだけだったのに……あんなに瞳を潤ませて真っ赤な顔をして、挙げ句あんな可愛い声を聞かされてしまってはもう……。

自分を抑えることなど、俺には到底できなかった。

（いかん、思い出したらまた……）

昼日中《ひるひなか》から妙な疼きを覚え、慌てて目の前の書類に意識を向ける。

しかしいくら仕事に集中しようとしても、定期的に頭の中に浮かんでくる今朝の可愛いエディットの顔に、俺の頬は今にも緩みそうだった。

父から爵位を継ぎ、辺境の地で名を馳せ、一心不乱に自分の地位を確立してきた。

バロー侯爵夫妻が随分前に事故で亡くなったらしいという噂を耳にしてからの数年間は、彼女の行方をずっと探していた。

あの子爵夫妻の元に引き取られたと知ってからも、人を使って散々調べた。けれど学園にも通わず、社交の場にも一切出て来ないエディットの情報は全く入ってこなかった。

長年誰にも姿を見せないため、バロー侯爵夫妻の娘はもう死んでいるのではないかという噂まで出はじめていると聞いた時には、焦りと苛立ちを抑えきれなかった。

そんな彼女の義妹がデビュタントを迎えると知って、縋る思いで王宮まで出向いた。

家族のデビュタントならば、一家で姿を見せる可能性が高いと踏んで。そして、俺がこのうえなく苦手としている華やかなパーティー会場の片隅で、極力目立たぬように注意しながら、目を凝らして夢中で探した。

彼女の姿を見るのは、およそ十六年ぶり。

それなのに、俺には一目で分かった。広間の隅、壁のほうを向いてまるで隠れるようにして静かに立っている、栗色の髪の儚げな女性。

――――エディットだ。

あの時の愛らしかった五歳の少女は、類稀《たぐいまれ》なる美貌の持ち主に成長していた。

透き通るほど真っ白な肌に、クリーム色の控えめなドレス。はっきりと覚えていた夜空のような美しい瞳と、栗色の長い髪。緊張しているのか、おどおどと頼りない様子さえ愛らしくてたまらない。

しかし、俺はその美しさよりも、彼女の病的なまでの体の細さのほうが気になった。

世の令嬢たちがその体型に気を配り、コルセットやらでウエストをきつく絞ったり食事の量を気にしたりしているのは知っている。

だがそれにしても、この大広間にいる大勢の令嬢たちの中で、エディットだけがずば抜けて痩せていた。首や腕の細さなど、近くに立っている令嬢たちとは比べものにもならない。とても健康的な痩せ方には見えなかった。

ともかくも、すぐにでも駆け寄り挨拶をしたいと思った。

だが、俺はこの風貌と戦歴からあらゆるところで恐れられ、氷の軍神騎士団長だの冷徹の魔人だの、各地で妙な二つ名まで付けられている身だ。

（あんなにも華奢でか弱げな令嬢が俺なんかに突然話しかけられたら、きっと怯えるはずだ……）

そう思った俺は、ひとまず遠くから様子を窺った。

「…………」

見れば見るほどめちゃくちゃ可愛い……可愛すぎる……。

俺はエディットから目を逸らすことができず、早鐘を打ち続ける自分の心臓の音を意識しながら、ただひたすらに彼女を見つめていた。

だが、彼女に目をつけたのは、どうやら俺だけではないらしい。

あんな壁際でずっと大人しくしているというのに、何人かの若い男が目ざとく彼女に声をかけに行くではないか。それを見るたびに、焦りと嫉妬心で腹の底が熱くなる。

十六年前は、まだ明確な恋心を持っていたわけではない。

向こうは弱冠五歳、俺は十二歳だったのだ。ただ、可愛らしい子だな、さすがはバロー侯爵夫妻が大切にお育てになっているお嬢さんだ、などと好ましく思っていただけだった。

だが、こうして今一瞬たりとも彼女の姿から目を逸らしたくない俺は、もうすでにこの心をエディットに完全に奪われてしまっているのだと自覚した。

（……まさか、こんな気持ちになるなんてな……）

話がしたい。今どう暮らしているのか、幸せな毎日を送っているのかが知りたい。

いや、もはや一刻も早く彼女を俺の元へと迎え入れたい。

エディットがまだ誰とも結婚していないのならば、今すぐにでもこの俺が貰い受けたい。この手に彼女を得たい。

突然湧き上がったそんな独占欲に俺が翻弄されている間にも、エディットに近付き声をかける男たちがいた。エディットは明らかに困っているようだった。

「……チッ……」

俺は一旦、側近のセレスタンを彼女の元に向かわせることにした。

セレスタンは柔和な雰囲気と整った顔立ちで、どこへ行っても女たちから大人気の奴だ。こいつなら、きっとエディットもそんなに怖がることはないだろう。

「ふむふむ。あの壁際にいる、栗色の髪の女性ですか。へーぇ……可愛い。か細いなぁ。意外ですね、団長ああいうタイプがお好みでしたかー。へーぇ」

「黙れ。何度も言っただろう。あのバロー侯爵夫妻の娘ならば、きちんと挨拶をしておきたいだけだ。先にお前から声をかけ、これから挨拶に来るデカい男は妙な人間ではないと安心させてやってほしい」

「いや、バレバレですよ。目つきが違いますもん、団長。さっきからずーっと彼女のことばかり見つめて。もう惚れちゃったんですか？　そうでしょう？　そもそも、いくら昔お世話になった方の娘さんだからって、社交嫌いの団長がわざわざ王宮の夜会にまで出向いてきて会おうとするなんてやっぱり……」

「セレス！」

「はいはい。行ってきますよ。しかし団長がここまで女性を気遣うことがあるとは……。すごいなぁ。面白い」

セレスタンは俺を揶揄《やゆ》するようなことをぶつぶつと言いながら、広間の人波を優雅にすり抜けていともあっさりとエディットの元に辿り着いた。

……自分が話すわけでもないのに、やけに緊張する。

（……。…………？）

どうしたんだ。

あのセレスタンが話しかけたというのに、エディットの様子がおかしい。

怯えるようにセレスタンから視線を逸らし、ひどく苦しげな様子で肩を揺らしながら浅い呼吸を繰り返しているように見える。

（……具合が悪いのか……!?）

何を考える余裕もなく、気付けば俺はエディットのそばに行き、彼女に話しかけていた。

ますます怯えた表情をして、俺を見上げるエディット。

そして、次の瞬間だった。

エディットは突然口元を手で押さえたかと思うとガクリと崩れ落ち、その場に倒れそうになった。

俺はすばやく反応しエディットを支え、彼女の吐瀉物をモロに体に浴びた。だが、そんなことはどうでも良かった。

俺はそのまま彼女を抱き上げ、できる限り誰にもその醜態を見られずに済むようにと考えるのに必死だった。レディがこんな姿を人前にさらすなど、きっと恥ずかしくてならないだろう。

「セレス！　どこか彼女を休ませられる部屋がないか聞いてくれ」

「了解です。そっちの隅の扉から出ましょう」

気の利くセレスタンが即座に目立たない扉を見つけ先に歩いて開けてくれる。俺はそこからエディットを連れ出し、王宮の客間に運んだのだった。

結局、ほとんどまともに話すこともできないままに、エディットはオーブリー子爵一家とともに帰って行ってしまった。

だが、この短い時間で彼女の今の暮らしが満ち足りたものではないことがよく分かった。

不健康なまでにか細い体。貴族家の若い令嬢とは到底思えない、ひどく荒れた指先。場慣れしていないおどおどした態度。子爵夫妻への怯えきった眼差し……。

一体彼らからどれほど厳しく育てられてきたのだろう。

（……クソ……。もっと早くに知っていれば……）

苛立った俺は乱暴に髪をかきあげた。

たった今帰ったばかりの彼女を、すぐにでも迎えに行きたい。一刻も早く助けてやりたい。俺のことを気に入ってくれるかは分からんが、少なくとも俺の元へ来れば、今よりはずっと気楽で良い暮らしをさせてやれるはずだ。

「……準備を急ぐぞ、セレス」

「？　……なんのですか？」

「俺はエディットと結婚する」

「……。…………はい？」


王宮での夜会からナヴァール辺境伯邸に戻るやいなや、俺は使者を通してオーブリー子爵家にエディットとの結婚の申し入れをした。しかし、返ってきたのは断りの手紙だった。

納得できない俺はそれから数度書簡を出し、直接訪問して結婚の許しを請いたい旨を伝えたが、夫婦は頑なに拒絶してきた。

一か八か、俺は交換条件を提示した。持参金などは一切必要ない。さらにこちらから、オーブリー子爵家へ破格の支援金を出すと申し出た。

しばらくして届いた返事には、非常に悩むところだが、何分大切に育て上げてきた病弱な娘、なかなか思いきることができません、というような内容のことが書かれていた。

腹立たしさに俺は舌打ちした。何が大切に育て上げてきた、だ。

ではなぜエディットはあんなにも荒れた手をして、あんなにも痩せていたのだと腹の中で毒づいた。

クソ。おそらくはまだ支援金の額を吊り上げたいだけだろう。いいだろう。いくらでも出してやる。

俺は奴らの望み通りさらに倍の金額を書いて再び書簡を送った。すると案の定子爵家からは、そこまで強く所望していただけるのであれば、さぞや娘も大切にしていただけることでしょう、喜んで差し上げますというような、手のひらを返した内容の返事がすぐに届いたのだった。

承諾に喜びが湧き上がったのと同時に、オーブリー子爵夫妻に対して俺は呆れ返ったのだった。

何はともあれ、エディットと結婚し我がナヴァール辺境伯邸へと迎えることができた。

しかしただでさえ俺は口下手なうえ、可愛すぎるエディットを前に緊張し、ろくに会話も交わせない。

エディットはエディットで、俺以上にカチコチだった。

許しを得て触れた、初めての夜。

本当は灯りなど落としたくはなかった。ようやくこの手に得たエディットの全てを、隅々まで見て堪能したかった。

けれど、ここに来た時からただでさえずっと怯えていたエディットだ。この俺の、あちこちデカいうえに古傷だらけの体をまともに目にしてしまったら、きっとますます震え上がると思ったのだ。

だから我慢して部屋を暗くしたが、その中で白くぼんやりと浮かび上がるエディットの肢体に、俺はたまらなく興奮した。決して乱暴にはすまいと自制しながら、彼女と初めての愛を交わした。

だが、俺が予想していた以上にエディットは苦しんでいるように見えた。それは初めての痛みに耐えているだけというよりはもっと深刻なものに思え、まだまだ不完全燃焼だったが、数度の交わりの末、俺は自分の欲に鞭打ち名残惜しくも彼女の体から離れた。

（……まさか、知らなかったんだろうか……。夫婦の交わりがどういうものかを。オーブリー子爵家では、結婚前にこれを教わらなかったのか……？）

貴族の令嬢たちの生活についてはよく知らんが、おそらく普通は母親か侍女か、もしくは教育係などから閨についてのそれなりの知識を与えられるものだろう。

だがエディットはまるで何一つ知らないんじゃないかと思えるほどに、俺の動きの全てに怯え、最後まで慣れる気配もなかった。

「……」

エディットの体を熱いタオルで拭ってやった後、ベッドに滑り込み、白くか細い体をそっと後ろから抱き寄せ、腕の中に閉じ込める。するとさっきまで涙をこぼし震えていたエディットが、突然安心したように体の強張りを解くと、そのまま俺に身を委ねてすやすやと眠ってしまった。

そのあまりのか弱さ、可愛らしさに、心臓が鷲掴みにされたようなときめきを覚える。たまらず叫び出したくなった。

だがようやく落ち着いたエディットの眠りを邪魔するわけにはいかない。俺はエディット可愛さに内心悶絶しながらも、何度もその栗色の髪にキスを落とし黙って耐えていた。

死んでいるのではないかと噂が立つほどに、これまで誰にも姿を見せなかったというエディット。長年、子爵邸で一体どんな暮らしをしていたのだろうか。

以前から抱いていた疑問についてまた考えながら、エディットの温もりを感じつつ俺も束の間の眠りに落ちた。


そして翌朝。

俺はかなり早い時間に目が覚めた。体力があり余っている俺はさほど長時間寝なくてもすぐに目覚める。対してエディットは昨夜の姿勢のままで俺の腕の中にいて、まだ規則正しい寝息を立てている。

……可愛い。エディットにとって昨日は怒濤の一日だったのだろう。ゆっくり眠るといい。

俺は朝の日差しの中のエディットをひそかに堪能しようとして、彼女の肩を見下ろした瞬間、フリーズした。

「……なんだこれは」

昨夜のあの薄暗さの中では気付かなかった。

俺は自分の胸をエディットの背からそっと離して、その体を凝視する。

向こうを向いたまますやすやと眠るエディットの背や肩口に、いくつかの黒い痣や黄色くなった痣の痕があった。それらは時間が経過したものではあるが、明らかに何かに打ち付けた痕だった。

「……まさか……！」

その理由に思い至り、思わず声を上げる。

すると俺の腕を枕にして眠っていたエディットがもそりと動き、しばらくしてビクッと飛び跳ねると、怖々といった様子でこちらを振り返る。

朝の挨拶をするエディットにろくに返事もせず、俺は彼女を問い詰めた。

なんの痣だ。誰にやられた。エディットに乱暴な振る舞いをした者がいるという事実に頭に血が上った俺は、その気持ちを鎮められぬままの勢いでエディットを追及した。

するとエディットは顔面蒼白になり、涙を浮かべ、歯が鳴るほどにガクガクと震えはじめたのだ。

「……ちっ……、違いますっ……！　違いますっ！　だ、誰にも、何も、されていませんっ……！わ、私が……、私が自分で、ぶつけて……、……そう……、か、階段から、落ちてしまって……！」

その怯え方は尋常ではなく、俺は口を閉じるしかなかった。

何かを隠しているのは明白だったが、このまま口を割らせるためにはエディットをもっと怯えさせることになる。

歯痒《はがゆ》い思いを堪え、俺は努めて静かな声を出した。

「……そうか。それならいい。……悪かった。驚かせて」

そう言ってことさら優しくエディットの頭を撫でると、その細い体をそっと抱き寄せ、こめかみにキスをした。震えるエディットは俺の腕の中ではぁ、はぁ、と荒い呼吸を繰り返している。

（……焦るな。これ以上この子を怯えさせてはいけない）

どうせもうエディットはずっとここにいるんだ。ここにはエディットをこんな目に遭わせる人間はいない。落ち着け。まずはエディットの心を開いていかなくては。なんでも話し合える関係になれば、いずれ自分の身に起こったことも話してくれるはずだ。

……相手への制裁は、それからたっぷりしてやればいい。

エディットを抱きしめその背に手を回して擦りながら、俺は煮え滾る怒りを必死で抑えていた。

頭の中には、あの日の夜会で出会ったオーブリー子爵夫妻の顔がまざまざと浮かび上がっていた。

◇◇◇

（……いかんな。少し落ち着かねば……）

エディットの痣をこの目で見て以来、俺は何度も奴らの顔を思い出しては怒りを滾らせていた。あいつらの他に、エディットにあんな仕打ちができる者などいるはずがない。

しかし朝っぱらから奴らのことを考え、こんなに苛立っていても仕方がない。自分の気持ちを落ち着けるために、俺は再びエディットのことを思い出す。

『あの、玄関ホールまで、お、お見送りさせてください……』

「……。ふ……」

あんなに可愛い妻を得ることができて、俺は果報者だ。

今朝の愛らしい表情を思い浮かべ、またも幸せに浸っていた、その時だった。

「おはようございまーす。……どうしたんですか？　団長。そんな気持ちの悪い顔をして。何を一人でニヤけてるんですか」

俺の腹心であるセレスタンが失礼極まりないことを言いながら、俺の執務室に現れた。

「……ニヤけてはいないだろう」

「いや、めちゃくちゃデレデレした顔になってましたよ。似合わなくて不気味ですから止めてくださいよ。大方奥方のことでも考えていたんでしょう。やらしいなぁ、朝っぱらから」

「うるさい！　馬鹿なことを言うな」

あながち間違っていないものだからバツが悪く、俺は大きな声を出した。

だがセレスタンは気にするそぶりもない。これがあの報告書で～、こっちがなんとかの書類で～、と、いつもの間延びした声で言いながら次々と俺に新たな書類を回してくる。

「……セレス、あの塗り薬は高級娼館の女から譲ってもらったものだと言っていたが、まさか媚薬なんか入っていないだろうな」

「まさか。そんなわけないでしょう。質の良い普通の塗り薬ですよ。なんでですか？　塗ってあげてたら気持ち良くなっちゃったんですか？　そりゃなりますよ。ヌルヌルした手で優しく撫で回されたら」

「黙れ!!　この馬鹿者が!!」

「……自分が聞いてきたんじゃないですか……」

もういい。この話は止めておこう。何を言われても平静を保っていられない。

それよりも――

俺はひとしきり朝の連絡事項を確認し合った後、セレスタンに言った。

「セレス、お前にもう一つ頼みたいことがある」

「ええ、なんなりと。どういったことですか？」

「……探りを入れてきてほしい。エディットの養家、オーブリー子爵家のことをだ」

昨夜、バロー侯爵夫妻や俺の両親の話、そして俺とエディットとの出会いについて、眠る前にエディットに話をした。

時折声を弾ませて相槌を打ちながら興味深げに聞いていたエディットだったが、激しい交わりの後で疲れきっていたのだろう、次第にウトウトしはじめた。

その時に、妙なことを言ったのだ。

『オーブリー子爵夫妻から……ずっとそう、いわれてた……。しゃっきんまみれの、ひどい夫婦だったって……。めいわくばっかり、かけられた……て……。だけど……、人の役にたったことも、あったんだ……ね……』

父や母に関するいい話を聞いたのは初めてだと言っていた。

彼らはあんなにも人望の厚い素晴らしいご夫婦だったのに。世話になったのはうちの家族だけではない。誰に聞いても、バロー侯爵夫妻は聖人のような方々だったと言うだろう。

なのに、なぜ実の娘であるエディットがそのことを全く知らないのか。

それどころか、自分の両親を借金まみれの夫婦だったと思っている。

何度も言い訳するように自分が病弱だったと言い張るエディットは、たしかにか細く体力はないものの、今のところ他に悪いところなど一つもなさそうに見える。

それに、彼女の体に残るあのいくつもの古痣。

俺のオーブリー子爵夫妻への疑念は揺るがぬものとなっていた。

奴らは引き取って以来、エディットをどう扱っていたのか。

なぜエディットを屋敷の中に閉じ込めたまま、少しも外に出さなかったのか。

なぜエディットの両親であるバロー侯爵夫妻のことを、まるで悪人であるかのようにエディットに言い聞かせてきたのか。

俺はそれらの話や自分の疑念をセレスタンに説明した。

「……ふぅん……。なるほど。たしかにおかしな話ですね。何かいろいろ隠していそうですよね、オーブリー子爵夫妻は」

「ここで俺が出向いて行って貴様ら何を隠していると問い詰めたところで、しらばっくれるだけだろう。子爵夫妻の行動を間近で見てきたであろう人物に、お前から当たってもらいたいんだ。警戒させないよう、やんわりとな」

俺は考えていた計画をセレスタンに話した。ふんふんと頷きながら聞いていたセレスタンは、俺が話し終わると楽しそうにニヤリと笑った。

「了解です。俺の得意分野ですね。任せてください。次の巡回視察が終われば、しばらくは手が空きます。そのタイミングで行ってきますよ」

「頼って悪いな。信頼のおける人間の中でこういうことを上手くやってくれそうな者といえば、お前以外に考えられない」

「構いませんよ。あの可愛い奥方のためでしたら労力は惜しみませんから」

「セレス‼　貴様俺の妻にあらぬことを少しでも考えてみろ、二度と女と遊べない体にしてやるぞ！」

「……最近情緒がおかしいですよ、団長……」

第三章　近付く距離

ナヴァール辺境伯邸での新婚生活にも随分と慣れ、毎日がとても楽しい。

朝食の席で私が「勉強をしてみたい」とお願いしてからしばらくして、数人の教師を雇ってもらえることになった。レディとしてのマナーや教養を主に教えてくださる先生や、言語、歴史、地理などの学問を教えてくださる先生方に、ダンスの先生。また家令のフェルナンさんからは、領地経営に必要な様々な知識を教えてもらえることになった。

（すごい……！　なんて面白いんだろう……）

世の中には私の知らないことが、こんなにもたくさんあったなんて。

マクシム様からは「いろいろ勉強してみて特に気に入ったものを重点的に学ぶのもいい」なんて言われていたけれど、初めて教えられることの全てが興味深いものばかりで楽しくて、どれかを選ぶことなんてできそうもなかった。

特にフェルナンさんから教わる領地経営に関することや、屋敷の切り盛りや仕事のあれこれは、ナヴァール辺境伯夫人となった今絶対におろそかにしてはならないことだし。だけど異国の言語や文化も、この王国の地理も歴史も、それにダンスも何もかも、もっともっと学びたい……！

（ああ、体が三つくらいあったらいいのに……）

けれど人生で初めての勉強が楽しくてたまらず、毎日夢中になって時間を費やそうとする私に、ある時マクシム様が言った。

「エディット、あまり根を詰めるな。時間はたっぷりあるんだ。毎日少しずつ学んでいけばいい。それよりも、まずはお前自身の体調を整えることが先だ。ただでさえお前の体は細すぎるというのに……。無理をしてはいけない」

「……っ、は、はい。マクシム様」

「……教師は一日おきに、毎回二時間ずつ呼ぶことから始めよう。お前の体調が安定して、もう少し頑張っても大丈夫そうだと思えれば勉強時間を増やしていけばいい」

「し、承知しました、マクシム様」

そうやんわりとたしなめられ、私は焦った。

(そうだ……、私はすごく病弱で、これまでほとんど屋敷の外にも出ずに育ったという設定だったのに、こんなに張り切って勉強したり、いきなりダンスの練習を始めようとしたら、おかしいわよね……)

毎日つい夢中になってしまっていた。マクシム様に不審に思われたかもしれない。

こちらをジッと見つめるマクシム様の視線に狼狽《うろた》えながら、私はまたしどろもどろの弁解を始める。

「こ、こちらに嫁いできてからというもの、これまでにないほど体調が良くてっ……。ここののどかな空気が、私の体に合っているのかもしれません。……ご、ごめんなさい、マクシム様。無理はしないよう心がけます」

顔色を窺うようにそう言い訳をする私のことをしばらく見つめていた彼は、やがて静かに言った。

「……別に謝ることじゃない。毎日しっかり食べて、よく眠るんだ。体調が良いのなら、空いた時間はお前の好きに過ごすといい」


毎朝マクシム様をお仕事に送り出し、その後時間ができると、フェルナンさんを摑まえては屋敷の仕事に関する質問をした。

そしてカロルやルイーズたちとともに屋敷内を見て回り、お手入れを考えたりする。この数週間で、彼女たちとはすっかり打ち解けて話ができるようになっていた。

「このフロアのお部屋は、全て来客の宿泊用だったわよね？」

「ええ、フェルナンさんにそう聞いております、エディット様」

「ただし近年はめっきり使われていなかったとか！　旦那様が遠征なんかで不在がちで、そもそも来客がそんなになかったそうですから。でも、今後は分かりませんよねっ。もうエディット様という奥様もいらっしゃることですし！」

「……そうよね」

客間の一室に入り、古くなったカーテンや絨毯を見ながら考える。

来客のもてなしなんて、考えただけで心臓がバクバクして冷や汗が出てくるけれど、今後そんなことが全くないなんてことはないだろう。

いくらここが王国最西端の辺境の地とはいえ、マクシム様は領主様なのだ。

私を教えるために他の領地からわざわざこちらまで来てくださっている教師の方々だって、ここから最も近い別邸に滞在中の部屋を用意してあるらしいし。そちらの別邸にももちろん使用人たちがいて、部屋を整えているのだろう。

（辺境伯夫人として恥ずかしくない来客応対やマナーなんかはこれから学んでいくとして……、まずは客間から少しずつ整えていこう。うん）

マクシム様も以前仰っていた。ここの女主人は私なのだから、遠慮せず好きなように飾ったり、調度品などを買い足したりしていい、と。

「カロル、ルイーズ。このフロアの客間を、少しずつお手入れして綺麗にしていきましょう。カーテンや絨毯も随分と年季が入っているようだし……替えてみても、いいと思う……？」

私がそう尋ねてみると、カロルたちは目を輝かせる。

「まぁ！　もちろんいいと思いますわ、エディット様。最愛の奥様がお屋敷の中を好きなように整えてくださっているのを見たら、旦那様もきっとお喜びになると思います」

「そっ、そうかしら……」

カロルから〝最愛の奥様〟などと言われて、なんだか照れてしまう。

私はマクシム様から、そんな風に思ってもらえているのかな……。

少なくともカロルにはそう見えているらしい。

「そうですよっ！　せっかくですから、いろいろな雰囲気のお部屋に仕上げてみるのも素敵だと思いますよっ。たとえば、男性客向けの落ち着いたシックなお部屋とか、貴婦人向けの華やかで優しい雰囲気のお部屋とか」

「まぁ……！　いいわねそれ。素敵だわ」

ルイーズのアイデアに、私の胸は高鳴った。

様々な年齢層や立場の方にもピッタリくるようなお部屋が準備できていれば、マクシム様も喜んでくださるかもしれない。

「エディット様のお好みに合わせて、カーテンや絨毯の柄や調度品をお選びになったらいいと思いますわ」

……私の好み、か……。

正直、自分の好みがどういうものなのかさえよく分からない。

これまでの人生ずっと、私はただ与えられた古い使用人用のワンピースを着て労働するだけで、自分で身の周りの何かを選んだり飾ったりしたことなど一度もなかったから。ただ、ここへ来た時にマクシム様が用意してくださっていたドレスは、オーブリー子爵家の夫人や義姉妹たちが着ていたどぎつい色味のドレスよりもずっと好きで、胸がときめいた。

つまりそれが、私の好みということよね……？　だんだんとはっきり分かってくるものかしら。

「……え、選ぶの、手伝ってくれる？」

自信のない私がそう尋ねると、二人は満面の笑みで声を揃えて答えてくれた。

「「もちろんです！」」

マクシム様はとてもお忙しい方なので、お昼は屋敷の食堂で一人でとることが多かった。

カロルたちに促され食堂に足を運び席に座ると、次から次と美味しそうなお料理が運ばれてくる。

ふわふわのパンケーキにワッフル、ハーブのいい香りが漂うグリルチキンに、マッシュポテト。色とりどりの新鮮な野菜がふんだんに使われたサラダにオムレツ、魚介の旨味たっぷりのスープ。そして可愛らしい見た目の、種類豊富なデザートたち……。

これらの豪華な食事は、私がここに到着した初日から変わらず毎食提供されていて、食卓につくたびに私は感動していた。

これまでの生活とは、あまりにもかけ離れている。

(今までは日に一度か二度、古くなったパサパサのパンか、具のほとんど残っていないスープの余りくらいしか食べられなかったのに……)

私なんかが、こんなに贅沢をしてしまってもいいのだろうか。

もうオーブリー子爵夫妻や義姉妹たちに怒られるわけでもない。マクシム様もお腹いっぱいになるまでたくさん食べろと言ってくださっている。

けれど、私はいまだにこの豪華な食卓を前にすると、遠慮する気持ちが出てしまう。

焼き立てのパンケーキと温かいスープ、それにオムレツをそれぞれ半分ほどいただき、食事を終えようとカロルたちに視線を送る。するとカロルがそそくさと私のそばに寄ってきて控えめな声で言った。

「エディット様……、もう少し召し上がることはできますか?」

「……え?　た、食べようと思えば食べられるけれど……」

私がそう返事をすると、カロルは少し困ったように微笑みながら言った。

「でしたら、もっとお召し上がりくださいませ。……実は、フェルナンさんから言われているんです。旦那様が、エディット様の食の細さをとても心配なさっていると。もしかして無意識に遠慮してしまって、満腹になる前に食事を終えているのではないかと」

（……マクシム様が……？）

いつも私が食事を終える時、こちらをジッと見ているような気はしていたから、私のマナーがなっていないのかもしれないと不安に思っていたけれど……。

もしかして、ずっとそのことを気にしてくださっていたのかな。

「旦那様は、あまりご自分から口うるさく言い続けるとエディット様がプレッシャーを感じるかもしれないから、私たちからやんわり伝えてほしいと、そう仰っていたようで。……ふふ。旦那様は本当にエディット様のことを大切になさっていますので」

そうだったのね……。そんな風に細やかに私を気遣ってくださっていたなんて……。

その優しさが嬉しくて胸がいっぱいになり、頬がじんわりと熱を帯びる。

「ですから、エディット様、よければあちらのグリルチキンもお召し上がりくださいませ。ほら、まだデザートも出てまいりますよ。シェフたちがエディット様のためにと腕によりをかけて作っているんですもの。どうぞもっとゆっくりお食事を楽しんでくださいませ」

「……ええ。ありがとう、カロル」

その言葉に素直に頷いて、私はチキンにナイフを入れ、口に運んだ。

……本当に美味しい。ハーブの香ばしい風味が口いっぱいに広がる柔らかいチキンは、いくらでも食べてしまえるくらいに美味だった。

私の知らないところでいつも気遣ってくださるマクシム様のそのお気持ちが嬉しくて、その後チョコレートの小さなケーキやフルーツが入ったゼリーまで食べ、今度こそお腹いっぱいになってから食堂を後にした。

毎日三食、こんなにも贅沢をさせてもらえるなんて。私にとってはそれだけでも本当に夢のような生活だった。


そんなある日の夜、私の部屋を訪れたマクシム様からお話があった。

「ナヴァール領の、巡回視察……ですか?」

「ああ。うちの領土は国内でも一、二を争う広大な土地だ。普段はそれぞれの街や土地ごとに代官に運営を任せ、定期的に報告に来てもらったり、俺が騎士団の連中を連れて数ヶ所ずつ視察に回ったりしている。その他に年に二度、十日から二週間ほどかけて領内を全て見て回る大がかりな巡回を行っているんだ。来週からそれに出発しようと思う。……エディット、体調が良いようなら、ちょうどいい機会だ。お前も俺たちに同行してみるか。俺の妻として皆に紹介もしたい」

「……は、はいっ。もちろん、ご一緒させていただきます」

反射的にそう返事をしながらも、私はものすごくドキドキしていた。マクシム様の妻として、領地の皆さんに紹介されるんだ……。

（き、緊張するっ……！）

何せ圧倒的な経験不足で、初対面の人と会うことがたまらなく苦手な私。社交性なんて欠片も身に付いていないうえに、挨拶の仕方やマナーにもまるっきり自信がないものだから、ますます萎縮してしまう。

領地の皆さんにどう思われるだろう。こんな人が辺境伯の奥方だなんて……と思われたら悲しいし、マクシム様にも申し訳ない。でも、ここで嫌な顔をしたり断ったりする選択肢なんてない。私はナヴァール辺境伯夫人となったのだから。

マクシム様に失望されないように頑張らなくては。

この方の優しさに応えられる人間になりたい。

（そういえば……）

その時ふと、私の頭の中にマクシム様のご両親のことが浮かんだ。

以前マクシム様は仰っていた。まとまった休みがとれたら、南方の別邸にいるご両親の元に顔を出そう、と。

（巡回視察の時に、そちらにも伺うのかしら……）

私がそのことを尋ねると、マクシム様は「ああ……」と言って答える。

「いや、今回はまだ向こうには行かない。もうすでに何度か両親から手紙は来ているんだがな。早くお前を連れて来いと」

「そ、そうなのですね。……よろしいのですか？」

あまりお待たせしてしまって、ご両親のご機嫌を損ねてしまったりしないのかしら……。

不安になる私とは裏腹に、マクシム様はケロッとしている。

「構わないだろう。こちらが忙しいのは父も母も分かっているし、視察が終わって一度屋敷に戻り、しばらくお前をゆっくり休ませてから改めて顔を出す。ただでさえ慣れない経験で疲れが溜まるだろうし、そのうえ両親にまで挨拶をするとなったら、お前も大変だろう」

マクシム様はそう言うと、こちらを見て少し微笑んだ。

(あ……また、私のことを気遣ってくださっている)

義家族以外の人と触れ合うことなく成長してきた私が、初対面の人と会うことに不慣れで緊張するのを、マクシム様はちゃんと分かってくださっているんだわ。

大きくて迫力ある体軀に、一見すると怖いと感じるほど男らしい顔立ち。そして数々の経験によって身に付いたのであろう圧倒的な猛者のオーラ。

そんな雰囲気からは想像もつかないほど、この方は私の前では穏やかで、包み込んでくれるような優しさを見せる。

「……ありがとうございます、マクシム様」

彼を見上げて噛みしめるようにお礼を言うと、マクシム様は
「……いや」

と小さく答え、私から目を逸らす。その耳朶はほんの少し赤みを帯びていた。

「……そろそろ寝室に行こう、エディット」

◇　◇　◇

その翌週、マクシム様率いる私設騎士団の面々とともに、私もナヴァール辺境伯領の巡回視察に同行することとなった。

私の気が楽になるだろうからと、マクシム様はカロルとルイーズも同行させてくださった。

「お久しぶりです！　覚えてくださってますか？　俺のこと。改めまして、セレスタン・ラクロと申します。どうぞ気楽にセレスとでも呼んでくださいね。いやぁ、団長にはいつもお世話になって……、いや、違うな。どっちかといえば俺のほうがお世話してるかな。あ、申し遅れましたが、ご結婚おめでとうございます、奥様」

「ご、ご無沙汰しております、……セ……セレスタン、様。ありがとう、ございます……」

屋敷の前に集まった面々の中には、あの日王宮の大広間で私に声をかけてきてくださった銀髪の美形な騎士様、セレスタン様もいらっしゃった。

聞けばセレスタン様はこのナヴァール辺境伯私設騎士団の副団長を務めていらっしゃるとのこと。優しげな笑顔でお喋り上手の、柔和な雰囲気の方だけれど、きっとこの方もとても強いのだろう。

セレスタン様は緊張して戸惑う私にグイグイ話しかけてくる。

「今日はめちゃくちゃいい天気ですねー。まるで奥様の同行を空が歓迎しているようじゃないですか。いやぁ、いつもはむさ苦しいこの視察も、奥様みたいな美人が一緒だと思うと気分が上がりますね。

奥様の馬車は何があってもこの俺がお守りしますので、どうぞご安心を。それにしても……、以前にお会いした時よりも一段と綺麗になられましたね。少しふっくらされて、健康的になられましたよ。こういってはなんですが、肌も髪もツヤツヤになっちゃってますます魅力的です。ちゃんと団長が大事にしている証拠ですね。いかがですか？　ナヴァール邸の居心地は。もし何か困ったことがあったら……」

「セレス！　いい加減にエディットのそばから離れろ！　全く……何が困ったことがあったらだ。お前が今困らせているんだろうが」

翡翠色の瞳をキラキラさせながら私の真正面に立ち嬉しそうに話しかけてくださるセレスタン様を、マクシム様が肩を摑んで力ずくで引き離す。

「えぇ〜。いいじゃないですか少しくらい。せっかくこうして再会できたんですから。ちょっとぐらいお話しさせてくださいよ。団長の奥様ものすごく可愛いんですもん。……あ、よく見たら手も、こんなに綺麗になられて。毎日使ってくださってるんですね、クリーム。良かったです」

懲りずにまた私のそばに近付いてきたセレスタン様が、ごく自然に私の手を取りそう言った。

……そうだ。あの異国のクリームはセレスタン様が調達してきてくださったものだと、マクシム様が仰っていたっけ。

「あ、ありがとうございました、セレスタン様。おかげさまで、とても……」

私が頑張ってお礼を伝えようとした、その時だった。

私とセレスタン様の間に立ち塞がるように入ってきたマクシム様が、恐ろしい顔をしてセレスタン様を怒鳴った。

「いい加減にしろセレス！　俺の妻に勝手に触れるのならば、その手首をこの場で切り落とすぞ!!」

（————っ！）

ビリビリと空気が振動するようなその凄まじい迫力に、私は思わず息が止まり、体が硬直した。

（ど、どうしよう……！　怒らせてしまった……！）

ブルブルと震え出した私とは真逆に、マクシム様に怒鳴られたセレスタン様は私からパッと手を離すと、その手をヒラヒラさせながら飄々とした様子で言った。

「はいはーい。そんなにムキにならないでくださいよ。全く……団長は奥様のこととなるとすぐキレるんですから。困ったもんだ。ほら、団長のせいで奥様が怯えているじゃないですか」

セレスタン様のその言葉を聞いたマクシム様はハッとした様子でこちらを振り向くと、露骨に焦りを見せ、私の背にそっと手を当てる。

「……すまない、エディット。驚かせてしまった。お前に怒ったわけじゃない。こいつが調子に乗っているのを諫めただけだ。いつものやりとりだから、何も気にするな。……すまない」

二度も私に「すまない」と謝るマクシム様の表情は本当にバツが悪そうで、ついさっきまでの鬼神のような形相の時とはまるで別人のようだった。

マクシム様の大きな背中の向こう側でセレスタン様が、

「うわぁ……。団長の猫撫で声、初めて聞いた」

とボソリと呟いていた。

その後私はマクシム様から、このやりとりをずっと遠巻きに見守っていた十数名ほどの騎士団の方々に紹介された。

「妻のエディットだ。道中わずかでも危険が及ばぬよう、お前たちもしっかりと気を配ってくれ」

「よっ……、よ、よろしくお願いしますっ……」

たくさんの人に一斉に注目され、背中に汗が浮かぶ。心臓が痛いほどドクドクと脈打ち、体がカッカと火照ってきた。

我ながら本当に情けない。きっと同年代の他のご令嬢方ならば、もっと優雅に淡々と挨拶をして馬車に乗り込んでいるのだろう。

私もマクシム様にとって自慢の妻でいられるように頑張りたいのに……。

どうしてもいまだに、人の目に慣れない。私にとって人に注目されるというのは、オーブリー子爵一家から怒りや不愉快をあらわにした視線で睨まれること、そしてあの王宮でのパーティーの時の、見ず知らずの人々から向けられる奇異や好奇の目を思い起こさせるものだった。

同行する騎士の皆さんが挨拶を返してくれた後、マクシム様が私を馬車に誘導する。

「さぁ、おいでエディット」

「は、はい」

マクシム様とともに馬車に乗り込み二人きりになると、私はホッとしてひそかに大きく息を吐いた。

ようやく人目のない空間に来られた。カロルとルイーズは、もう一台準備されていた馬車のほうに乗っている。

「出だしから疲れてしまったな。大丈夫か？」

「っ！　は、はい。……いいえっ。疲れてなんていません。大丈夫です、マクシム様」

向かいの席に座って私のことをジッと見つめながら気遣うようにそう言うマクシム様に、私は慌てて返事をする。

こんなことでもう疲れてしまうような、頼りない妻だと思われたくない。愛想を尽かされてしまうかもしれない。

マクシム様はとても優しい方だけれど、私の頭の中には今でも常にそう怯える気持ちがあった。

私の反応を確かめるようにこちらを見つめていたマクシム様だけれど、特に何かを追及されることはないままに馬車はゆっくりと動きはじめた。

（気持ちいいな……）

小窓から外を覗いていると、のどかな景色がゆっくりと流れていく。

一面に広がる青々とした畑や草花、奥に見える広大な森。心地良く流れる風に合わせて、それらの緑が一斉に踊っている。胸の高鳴りを感じながら、私はぼんやりと考えた。

（こんなに明るい気持ちで馬車に乗るのって、思えば初めてのことだわ）

うっすらと記憶に残る最初の馬車の旅といえば、両親が亡くなり、オーブリー子爵家に引き取られることが決まった時。

知らない人たちに連れられて馬車に乗せられ揺られている間、私は寂しさと悲しさ、そして大きな不安で胸が潰れそうだった。

次に馬車に乗ったのは、ジャクリーヌのデビュタントのために王宮に向かったあの日。

十数年も子爵邸から出なかった私が、突然お下がりの不慣れなドレスを着せられ、子爵一家とともに王宮に向かうことになった。決して目立つな、喋るな、ヘマをするなと何度も厳しく注意され、何のしきたりもマナーも分からない私は、緊張と恐怖のあまり込み上げてくる吐き気を必死で堪えていたっけ。

そしてその次が、オーブリー子爵家を出てナヴァール辺境伯領に向かう馬車の旅。

世にも恐ろしい軍神騎士団長の元へ嫁げと言われ、たった一人でマクシム様のところへやって来た。あの時も本当に不安で不安で、どうにかなりそうだった。

(だけど、マクシム様は噂とは全然違う人だった。見た目はたしかに大きくて威圧感があるけれど、本当はとても優しくて、いつも私を気遣ってくださって……)

その素敵な旦那様のおかげで、私は今、こんなにも幸せな日々を送っているんだわ。

贅沢なまでに豪華な三度の食事に、美しく飾られた広いお部屋、望むだけ与えられる教育。

つらい労働など一切させられないどころか、朝晩侍女たちから体中を丹念にお手入れされ、ここへ来た頃とは各段に自分の容貌が変わってきたのが分かる。

今の生活は、まるで夢を見ているみたい。

(感謝しなくちゃ、この方に)

そう考え、私は窓の外の景色からマクシム様へと、何気なく視線を滑らせた。

するとその瞬間、マクシム様とバチッと目が合ってしまった。彼はわずかに目を見開くと、軽く咳払いをしながら私から目を逸らし、窓の外に目を向ける。

(……もしかして、ずっとこっちを見ていたのかしら……)

そう考え、私の頬にじわじわと熱が集まる。ぼうっと物思いに耽っている顔を見られてしまって、なんだかすごく気恥ずかしい。私は俯き、膝の上に置いた自分の手をジッと見つめる。

……考えたら、さっきから外の景色に夢中になってしまってずっと無言だった。どうしよう。何か話したほうがいいのだろうか。

途端にこの無言の空間が気になり、何か話題を振らねばとオロオロしはじめると、マクシム様のほうが口を開いた。

「……気に入ったか？　外を眺めるお前の目が、随分輝いていた」

「は、はい。緑がたくさんで気持ちが良くて、ずっと眺めていたくなります。ここはとても、素敵なところですね」

素直にそう答えると、マクシム様が優しく微笑んでもう一度私の顔を見た。

「……そうか。お前がここを気に入ってくれたのなら嬉しい」

「……っ」

その笑顔があまりにも優しくて、とても素敵で。

私の胸がトクンと音を立て、甘く疼いた。

「今日はずっとこんな景色が続くぞ。この辺りは小麦やライ麦の栽培が盛んだ。野菜や果物もな」

「そうなんですね。……あ……、マクシム様、向こうのほうに、何かいるみたいです」

遠くの草地に点々と見えはじめた動物らしきものが気になって、私は窓に身を寄せ外を見ながらそう尋ねた。

「ああ。あの辺りでは家畜の放牧をしているんだ。見えているのは牛や馬だな。労働用にロバやラバもいるし、他にも山羊に豚、羊に鴨なんかもいる」

「まぁ……！　そんなにいろいろな動物がいるんですね。見てみたいです」

「ああ。後で近くまで行ってみよう」

「はいっ」

初めて見る土地や生き物にわくわくして、私はつい張り切って返事をする。

満面の笑みで答えると、マクシム様がボソリと言った。

「……隣に座ってもいいか」

「……っ!?　は、はい」

鼓動を高鳴らせながら私がそう返事をすると、マクシム様が立ち上がり、私の隣に移動して腰かける。馬車は十分に広く、大きなマクシム様が私の横に座ってもそんなに窮屈じゃない。

けれどなんだか緊張してしまい、私は慌ててマクシム様に背を向けるようにして窓の外を眺めるふりをした。

心臓がドキドキとうるさい。

ふいに後ろから、私の腰にマクシム様のたくましい腕がするりと回される。

「……っ！」

思わずビクリと肩が跳ねた。

マクシム様は私に密着するようにそのまま体を寄せると、後ろからぎゅっと抱きしめる。

私の頭に、温かい何かが触れた。

（マ、マクシム様……）

その温かいものがゆっくりと移動し、私の耳に触れる。チュ、と音を立てキスをされ、腰の辺りがくすぐったいような妙な感覚に陥る。

「……お前は本当にか細いな。心配になる」

マクシム様が囁くような小さな声でそう言うと、吐息が耳にかかり、ますます敏感になってしまう。

変な声を漏らしてしまわぬようにと、私は唇をキュッと引き結んだ。心臓が痛いほど激しく脈打っている。

「こうして俺の片腕にすっぽり収まってしまうのだからな」

「……た、たくさん食べてはいるのですけど」

窓のほうを向いたままそう答えるけれど、私はもう外の景色を見るどころじゃなかった。マクシム様との距離の近さに緊張し、体温がどんどん上がっていく。

マクシム様はその腕に力を込め、私をさらに自分のほうに引き寄せる。

「俺が守ってやらなければという気持ちになる。……他の誰にも、お前を触れさせたくない」

その言葉にますます体が熱くなる。身動き一つできずに、私は黙ったままでただ大人しくマクシム様の腕の中にいた。

「……エディット」

マクシム様が後ろから私の頬に唇を寄せた、その時。

「ナヴァール団長、よろしいでしょうか」

馬車の外を馬で並走していた騎士の一人がマクシム様に声をかけ、小さくため息をついたマクシム様が私から離れた。この後の進路について何やら話しているみたいだ。

(はぁ……、き、緊張した……)

私は反対側の窓のほうを向いたまま、深く息をついた。

夫婦となってもう何週間も経つし、夜は幾度もともに過ごし、肌を重ねている。それなのに、私はいまだにこんな触れ合いだけでどうしようもなくドキドキするのだった。


最初に馬車を降りた地で、私は数名の領民の方に紹介された。

「妻のエディットだ。今後はこうして視察に同行することもあるだろうから、皆よろしく頼む」

マクシム様が私の背に手を添えそう言うと、領民の男性たちがポカーンと口を開き、目を丸くした。

「り、領主様の奥方ですかっ？　なんとまぁ、すごい別嬪さんと結婚されたもんだ。おめでとうございます！」

「いやぁ、領主様が来てくださる時の楽しみが増えましたよ。まさかこんな可愛い方を奥方に迎えられたとは……。どうぞ奥様、よろしくお願いします」

皆が口々にそう言っては、キラキラした目でこちらを見てくる。

一斉に注目されカチコチになりながら、私はどうにか挨拶を返した。

「エ……ッ、エディットと、申します……。よろしくお願いいたします……」

すると目の前の男性たちが皆へラッと相好を崩し、

「かわいーい……」

と言った。私の挨拶がたどたどしすぎたのだろうか。

恥ずかしくて、顔がますます真っ赤になってしまう。

するとマクシム様が突然私の肩を抱き、自分のほうへ強く引き寄せた。

「それはもういい。……どうだ。変わりはないか。何か困ったことは」

(……？)

ご機嫌を損ねてしまったのかと不安になりチラリとそのお顔を見上げるけれど、怒っている風ではない。領民の方たちと真剣に話し合いを始めている。

少しホッとして、私もマクシム様と領民の方々の話に耳を傾ける。

領主が不在の折には、領主の妻が代わりに領内の問題解決のために動くこともあるのだと、フェルナンさんから教わっている。今後何かあれば、私が一人でここへ来て仕事をすることになるのかもしれない。なんでも覚えていかなくちゃ。

大きな問題は何もなかったようで、皆が仕事に戻っていく。

同行していた他の騎士の方々は、それぞれ歩きながらこの辺りの巡回を始めた。

「エディットが放牧されている家畜たちに興味を示している。見せてやってもいいか」

「もちろんですよ！　ささ、こちらへどうぞ奥様。新鮮なミルクやチーズが自慢の特産品です。よろしければ後で少し召し上がってみてください」

若い領民の男性が張り切って案内してくれる。その彼とマクシム様に続き、私も歩きはじめた。

（すごい……！　こんなに広々として、元気な草が生い茂っていて。きっと動物たちも気持ちいいだろうな）

そんなことを思いながら歩いていたけれど……、生えている草がだんだんと高さを増してきて、長いワンピースとブーツでは歩きづらくなってきてしまった。領地の視察と聞いていたから歩き回ることも想定して、さすがに普段のデイドレスよりも簡素な服装で来たつもりだったけれど……。

「エディット様、大丈夫でございますか？」

「すみませんっ……、スカートでないほうがよろしかったですね。ズボンを準備していればっ……」

ついて来てくれていたカロルとルイーズが、後ろから小さな声で私に囁く。

彼女たちだってまだ侍女としては不慣れなんだから、初めて訪れる地での服装のチョイスなんて分からないこともあるはず。私だって、気が回らなかった。

そんな二人もワンピースを持ち上げながら、歩きづらそうに一生懸命足を運んでいる。

「大丈夫よ。ありがとう、二人とも。……ふふ。今度から視察の時はズボンで来なくちゃね」

私は振り返って、同じように小さな声でそう返事をする。するとその時、マクシム様が私を呼んだ。

「エディット。おいで。俺に掴まれ」

その声に慌てて前を向くと、マクシム様が立ち止まって私に手を差し伸べてくれている。私は彼の元まで行き、おずおずと手を伸ばした。

「あ、ありがとうございます、マクシム様」

「いい。……こうしていろ」

マクシム様は私の手を自らの腕に通すと、そのまま歩きはじめた。

……さっきよりも、ゆっくりとした足取りで。

(……本当に、優しい……)

差し出された腕に安心して体を預けながら、私は言いようのない幸福感を味わっていた。

「こうして放牧していると、家畜たちに十分な運動をさせられる。いい空気の中で陽の光を浴びられ、健康にもいいんだ」

「なるほど……」

マクシム様の説明を聞きながら、牛たちがモグモグと草を食《は》んでいる様子を見る。口の動きが面白くて、ついまじまじと見つめてしまう。

(た、楽しいっ……!)

初めて間近で見る牛の大きな体、毛並みや筋肉の動き、独特の匂い。ユラユラと揺れる尻尾に、背中の辺りを飛んでいる蠅。何もかもが新鮮で、私は夢中になって牛を見つめていた。

すると。

「……ふっ」

（っ⁉）

隣から小さな笑い声が聞こえ、ハッとして顔を上げると、こちらを見ていたマクシム様が片手で口元を覆い目を逸らした。

「……すまない。お前があまりにも……」

や、やだっ……。私が子どもみたいにはしゃいでいるから、可笑しかったんだわ……。

そう思うと途端に恥ずかしくなり、私は慌てて謝罪する。

「ご、ごめんなさい、マクシム様……。つい、夢中になってしまいました。初めて見たものですからっ……。み、みっともないですよね、領主の妻なのに。申し訳ございません」

けれどマクシム様はいや、と小さく答え、このうえなく優しい眼差しで私を見つめる。

「可愛いと思っただけだ。……この世にあるものの全てを、お前に見せてやりたくなる」

「っ！　……マ……マクシム様……」

その言葉にまた頬が火照った時、領民の男性が声をかけに来てくれた。

「奥様、あちらの小屋でミルクとチーズを試食してみられませんか？　よろしいですよね？　領主様」

「ああ、もちろんだ。ありがとう。行こう、エディット」

そう返事をしたマクシム様が、ごく自然に私の手を握って歩き出す。

（……大きいな、マクシム様の手）

形容しがたい甘酸っぱい気持ちが込み上げ、私はマクシム様の手をそっと握り返した。

新鮮なミルクやチーズを堪能した私たちは、それから近くの麦畑や野菜畑、果樹園などを見てまわった。行く先々で領民の方々が温かく歓迎してくれて、何ヶ所か回った頃には私の緊張もすっかり解れていた。

「奥様、うちの果実で作ったジャムも、ぜひ召し上がってみてください」

「あ、ありがとうございます」

立ち寄った果樹園の小屋で、また領民のご子息が私にパンと数種類のジャムをふるまってくれる。

（なんだかもうお腹いっぱいになってきちゃったわ……）

ミルクにチーズ、焼き立てのクッキーに新鮮な野菜、そのうえここではパンとジャムまで。

……各所で手厚くもてなされ、もう今日の夕食はいらないくらいにお腹が満たされていた。ナヴァール領には数々の美味しい特産品があることがよく分かった。

「これが杏《あんず》のジャムです。こっちがオレンジで、これはブラックベリー……」

張り切ってたくさん持ってきてくれた領民の方の気持ちに応えるためにも、私は目の前のテーブルに並べられたジャムやパンを頑張ってたくさん食べた。

「……っ！　美味しいっ……！　この杏のジャム、甘くて爽やかですごく美味しいですね。私これ大好きです」

たっぷりとジャムを乗せたパンを咀嚼した私は、そう言って領民の男性に笑顔を向けた。すると彼はなぜだか真っ赤な顔をして、私を見つめて固まった。

「……？」

「……よ、喜んでいただけて、良かったです」

額に汗まで浮かべている。どうしたんだろう。

「エディット」

その時。

隣に座っていたマクシム様が、突然私の頬に手を伸ばし、自分のほうに顔を向けさせた。

「……ジャムがついてるぞ。ここに」

そう言うと私に顔を近づけ、指先で私の唇をなぞる。

「あ、ありがとうございます……」

「もう十分もてなしてもらったことだし、日も暮れかかっている。それを食べたら、そろそろ行くぞ」

「は、はい、マクシム様」

私は急いで食べかけていたジャムとパンを頬張《ほおば》る。

マクシム様は立ち上がり領民の方々に軽く挨拶をすると、私の肩に腕を回し歩き出す。何かからガードするようにしっかりと抱き寄せられ、私は少し戸惑いながらも大人しくマクシム様に従った。

「初日から無理をさせてしまったな。疲れただろう」

宿へ移動する馬車の中で、マクシム様は私を優しく見つめながらそう言ってくれる。

「い、いえ。大丈夫です」

(二人きりになると、マクシム様はすごく穏やかなお顔をなさるのよね。領地を回っている時は、時々厳しい顔をされるからちょっとビクビクしてしまったけれど……)

特に私が領民の男性と話したりもてなしてもらったりしている時は、必ずそばにピタリと寄り添って少し怖い顔をしていたりする。

……私が何か変なことを言ってしまったり、辺境伯夫人らしくない対応をするかもしれないと警戒しているのかしら。

(……もっと頑張らなくちゃ)


すっかり日が落ちた頃、大きな宿に到着したマクシム様と騎士団一行は、宿の食堂で食事をすることになった。

私はもう何も食べられなかったけれど、マクシム様が「そばにいろ」と仰ったので、彼の隣に座っていた。時折マクシム様がご自分の食事をフォークに刺しては私の口元に持ってくる。

「もう少しだけ食べておけ、エディット。せっかく少し肉付きが良くなってきたというのに。また痩せてしまうぞ」

「だ、大丈夫ですマクシム様……。今日は立ち寄る先々でいろいろと試食させていただいたので、結構たくさん食べたんですよ」

「大した量じゃないだろう、あれくらい。……ほら、口を開けろ」

「……っ」

子羊のステーキを小さく切り分けたマクシム様が、問答無用で私の口元にそれを差し出す。私はおずおずと口を開いてそれをいただいた。

……柔らかい。美味しい。

「へぇ〜。団長がそんなことするなんて！　完全に別人じゃないですか。変われば変わるものだなぁ。すっかり奥様の虜ですね、団長」

差し向かいの席に座っていたセレスタン様が、こちらを見て笑顔でそう言った。

気付けば他の騎士の方々も私たちのほうを見て目を丸くしている。

（は……、恥ずかしいっ……）

こんな風に子どもみたいにマクシム様に食べさせてもらうなんて。一体今皆さんにどう思われていることか。

会話も上手にできない引っ込み思案の世間知らずな妻、そのうえ食事さえもマクシム様に世話をされている、なんて……。

考えれば考えるほど、自分が情けなくて顔が熱くなる。

「黙っていろセレス。お前らはこっちのことは気にせず、さっさと食って部屋に上がれ」

「いや、気になりますよ、ものすごく。気にするなってほうが無理です。空から馬が降ってくるより驚きますよ」

マクシム様の声に、他の騎士の方々は慌てたように目を逸らし急いで食事をしている。……どうしてセレスタン様は、マクシム様にこんなに怖い顔をして凄まれても平気なんだろう。変わった方だし、すごいと思う。


食事が終わり、皆が食堂を出て宿泊する部屋へと引き上げる。

私はマクシム様と同じ部屋に泊まるらしい。部屋に入る前、セレスタン様が私に向かって言った。

「今日の視察では各所問題なく運営されていて良かったです。……お疲れ様でした、奥様。俺は同じフロアに部屋をとってありますので、何かあればいつでも駆け込んできてくださいね。あっち側の、奥から二番目です」

「は、はぁ……」

ご自分の部屋を指差した後、身をかがめて私の顔を覗き込むように微笑むセレスタン様にドギマギしてしまう。このサラリと流れる銀髪と美しい翡翠色の瞳は、きっと数多くの女性たちを魅了しているんだろうな。

「いい加減にしろセレス！　俺がそばにいるのに何かあるわけなどなかろう。お前……、あまり調子に乗っていると本当に痛い目に遭わせるぞ」

私の肩を自分のほうに抱き寄せ、セレスタン様から引き離すようにしたマクシム様がギロリと睨みつけても、相変わらずセレスタン様は気にも留めていない様子だ。

「念のためですよ、念のため。……じゃ、おやすみなさーい」

「お、おやすみなさいませ、セレスタン様。お疲れ様でした」

私が慌ててセレスタン様に挨拶を返すと、マクシム様は「もういい」と言って、半ば強引に私を部屋の中に誘導した。

先に部屋で待機していたカロルとルイーズに、マクシム様が指示をする。

「今夜はもういい。また明日の朝エディットの支度を頼む」

「承知いたしました」

「では、私たちはこれで。おやすみなさいませ、旦那様、エディット様っ」

二人はマクシム様にそう返事をすると、私にチラリと目で挨拶をしてから出て行った。

部屋の中は私たち二人だけになる。

（……随分広いお部屋ね……）

フロアの最奥に位置するこの部屋は、もちろんナヴァール辺境伯邸の寝室ほどではないけれど、かなり広くて調度品も高価そうに見えた。きっとこの宿の中で一番立派なお部屋なのだろう。

そんなことを考えながら見慣れぬ部屋の中をキョロキョロと見回していると、マクシム様がサラリと言った。

「疲れただろう、エディット。今夜は早めに休むぞ。湯浴みをしよう」

「あ、はい。……。……え……？」

湯浴みを、しよう……？

まさか、二人で一緒にっていう意味では、ない……わよね？

一瞬ドキッとしておそるおそるマクシム様のほうを窺うと、部屋の奥のほうに向かいながらもう上着を脱ぎはじめている。

なんだ、ビックリした。マクシム様が先になさるのよね。

と、ホッとしたその時だった。

「こっちへ来い。服を脱ぐのを手伝おう」

「…………っ!?」

（え……、えぇっ!? や、やっぱり一緒に入るのっ!?）

私は即座にパニックに陥った。結婚してこの方、一緒に湯浴みをしたことなどない。

そんなの、は、恥ずかしすぎるっ……！

「あの、わ、私は後で大丈夫ですのでっ……」

「いいから来い。一人ずつだと時間がかかるだろう」

「～～～っ！　で、ですがっ……」

もうほとんど全部脱いでしまっているマクシム様が、私の顔を見てフッと笑った。

「なんて顔をしているんだ。夫婦なのだから、別にいいだろう。一緒に湯浴みをするくらい」

「……でも……」

「こういうことにも慣れてくれ、エディット。旅先では屋敷にいる時とは違う過ごし方をすることもある」

「……は、はい」

そう言われれば、たしかにそうかもしれない。お屋敷の中では大勢の使用人や侍女たちがいてなんでもしてもらえるけれど、こうして宿泊しながら領地を巡回する時はそうはいかない。

(だけど、私はマクシム様と結婚するまで自分のことはなんでも自分でやっていたから、湯浴みくらい一人でも大丈夫なんだけどな……)

恥ずかしくてなかなかワンピースを脱げずにいた私は、マクシム様の手によって衣服を全て剥ぎ取られ、手を引かれて浴室に連れて行かれた。いつもよりも明るい場所で肌をさらし、マクシム様のたくましい体を間近に見て、それだけでもうどうしようもなくドキドキした。

灯りを落とした寝室でしか肌を見せたことのない私は、緊張しながらマクシム様に背を向け、浴槽の中に腰を下ろす。

マクシム様はその私を後ろから抱きしめるように一緒に湯に浸かった。

「……だいぶ薄れたな」

「は、はい……？」

「お前の体の痣だ。もうほとんど消えた」

「あ……」

チャプ……と水音を立てながら、マクシム様が私の腕に手を伸ばし、肩から手首へとなぞるようにスルリと撫でる。

「……っ」

「良かった。ますます綺麗になったな」

耳元で囁くようにそう言うと、自らの手で私の手を覆うように握りしめ、チュ、と音を立てて肩口にキスをする。その色っぽい仕草とお湯の温かさで、体がどんどん熱くなってくる。

(色が全然違うな……。マクシム様と、私の腕)

日によく焼けたマクシム様の浅黒い腕は、固く締まった筋肉に覆われ、とても太い。

真っ白で細い私の体は、その大きな体に守られるように抱きすくめられている。

騎士団長として、辺境の地の主として、多くの経験を積みながら己を鍛え上げてきた立派なマクシム様と、毎日掃除や義家族の世話ばかりをしながらオーブリー子爵邸の中だけで生きてきた、世間知らずな私。

(……全然、釣り合っていない気がするわ……)

騎士団や領民の方々に慕われ、頼られているマクシム様と、気の利いた会話もできずおろおろとついていくばかりの情けない自分との差に、どうしても萎縮してしまう。

「……さっきの言葉は、ただの口実だ」

「……？　え？」

片手を私の腰に回し、もう片方の指先で私の体をゆっくりとなぞっていたマクシム様が、ふいにそんなことを言った。

思わず少し振り返ると、マクシム様が低く優しい声で囁く。

「旅先ではいつもと違う過ごし方をするから慣れろ、とか。……ふ、ただたまにはお前と二人で、こうしてのんびり湯浴みをしてみたかった」

「マ、マクシム様……」

「こうして肌を触れ合わせ、お前の感触を堪能したかった。……本当に綺麗だ、エディット。お前をこの手に得られて、俺は幸せ者だな」

（……っ！）

心底満足そうにそう呟くと、マクシム様は私を抱きしめ、耳にそっと唇を押し当てる。

その優しい言葉と仕草に、胸がいっぱいになった。

（……弱気になってちゃダメ。頑張らなきゃ。この立派な方に釣り合っていないと思うなら、もっともっとたくさん勉強して、いろいろなことに慣れていって、相応しい妻になるための努力をするしかないのよね）

あの地獄のような場所から私を救い出し、こうして優しく愛情を注いでくれるこの人に、精一杯応えていきたい。

私は心からそう思った。

「……エディット」

ふいに膝の下にマクシム様の腕が通され、くるりと体の向きを変えられる。横抱きにされた私の目の前には、マクシム様の銀色の光を宿した瞳があった。

心臓がトクンと跳ね、思わず息を呑んだ瞬間、マクシム様の唇が私のそれに重なった。

「……っ、ん……」

片腕で私の体をしっかりと支えたまま、私の髪や耳、頬や首筋をゆっくりとなぞるマクシム様。その一方で、重ねた唇から差し入れられた舌を器用に動かしながら私の舌を絡めとり、深い口づけを繰り返す。

幾度も経験し、だいぶ受け入れることに慣れてきた、その口づけ。私は唇を薄く開け、彼に身を任せ続ける。

「ふ……っ」

腰や太腿をゆっくりと撫でられ、体中が火照り、頭がぼうっとしてくる。

「……湯から出よう、エディット。体を洗ってやる」

しばらくして唇が離れた時、そう言ったマクシム様の声は掠れ、その瞳には熱が灯っていた。

(……からだを、あらう……。……っ!? か、体を、洗う!?)

その妖艶な輝きを帯びた瞳をぼんやりと見つめていた私は、ふいにその言葉の意味を理解し、我に返った。

「だっ! 大丈夫ですっ……! 自分で……」

「たまにはいいだろう。……エディット。今日はもっとお前を可愛がらせてくれ」

「〜〜〜っ! で、ですがっ……」

恥ずかしさのあまり必死で拒否した私だけれど、結局はマクシム様に体を任せることになってしまった。

泡のついた大きな手で全身を撫でられ、その合間に繰り返されるキス。

浴槽の中にいた時からすでに互いの体には熱が灯っていて、気付けば私を覆っていた石鹸の泡はマクシム様の体にも移り、私たちは虹色に光る真っ白な泡に包まれた。

夫婦の濃密な夜は、そのままベッドの中でも続いたのだった。


翌日も同じように各地を回りながら、作物の生育状況や収穫量、領民たちに困り事がないかなどを確認していく。

「領主様！　来てくださってちょうど良かったです。最近水車の調子が悪くて……」

「ああ。だいぶ年季が入っているからな。動きが悪くなってきたのなら、早急に修理にとりかからねば」

マクシム様が領民の方と設備の補修などについて話をしている間、セレスタン様をはじめとする騎士の方々は近隣の巡回へ行った。

すると、マクシム様の近くに佇んでいた私の元へ、小さな子どもたちがトテトテとやって来た。四、五歳くらいの子どもから、十歳くらいの女の子まで。五、六人の子どもたちに一斉に見上げられ、私はまたドギマギしてしまう。

「こんにちは！」

「領主さまの奥さま、きれーい」

「天使みたい！」

「こっ、こんにちは……。ありがとう」

これまで出会ったことのある子どもといえば、オーブリー子爵家のジャクリーヌだけ。けれど彼女が子どもだった頃は、私だってまだ子どもだった。

こんな風に大人になってから小さな子どもたちと接する機会はこれが初めてなため、こんな風に褒められても受け流し方さえよく分からず、ぎこちない笑みを浮かべてしまう。

ひとまず私は自分の名を名乗り、子どもたちによろしくと挨拶をした。

「このひとたちはだあれ？」

私の後ろに控えているカロルとルイーズのことが気になるらしい小さな女の子に、私はぎこちなく答える。

「えっとね……私の侍女よ。お手伝いをしてくれる人たち」

「ふぅん。じじょ」

「領主様とはいつご結婚されたのですか？」

一番年長と思われる十歳くらいの女の子が、大人びた口調でそう尋ねてくる。

「あ……そうね、もう何週間経ったかしら……」

その問いかけに、マクシム様の元へやって来てからの日々を自然と思い返す。

大きな不安を抱えたまま一人で馬車に乗り、ナヴァール辺境伯邸へ着き、マクシム様とぎこちない対面を果たした。玄関前の花々、温かい待遇、衝撃を受けた初めての時から、幾度も繰り返されてきた夫婦の夜……。そのうち教師を雇ってもらいお勉強をさせてもらえるようになって、カロルたちに手伝ってもらいながらお屋敷のお手入れも始め……。

今はこうして領地の巡回視察に同行させてもらいながら、各地で領主の妻として紹介されている。

(楽しいことばかりの数週間だったな……。最初はぎこちなかったマクシム様との関係にも随分慣れて、距離が縮まった気がするわ)

こうして改めて思い返してみると、まるで夢の中にいるみたい。これまでの自分の人生とはあまりにも違いすぎて……。

そんなことを考えていると、目の前の女の子がニッコリ笑った。

「ふふ。領主様は強くて優しい素敵な人だから、エディット様のような綺麗な奥様が来てくださって本当に良かったです!」

「っ!? そ、そんな……。あ、ありがとう……」

(な、なんてしっかりした子なのかしらっ……)

初対面の大人に物怖じせず、こんなことが言えるなんて。しかも随分とおませさんだ。相手の女の子はこんなに堂々としてるのに、こちらのほうが狼狽《うろた》えて顔が真っ赤になってしまう。

「エディットしゃま、おかおが赤い」

「どうちて?」

それを見た周りの小さな男の子や女の子たちが、無邪気に尋ねてくる。私が動揺していると、おませな女の子が代わりに答えてくれた。

「ふふ、エディット様は照れていらっしゃるのよ。領主様とお似合いですねってあたしが褒めたから。ね、皆もそう思うでしょう? とってもお似合いのご夫婦よね」

そう言いながら小さな子どもたちの頭を撫でてあげている。この女の子はきっとこの辺りの子どもたちのお世話役なのだろう。本当にしっかりしている。

「ごふうふってなに？」

小さい男の子が尋ねると、その子が答える。

「結婚した二人のことよ。恋をして、家族になったの。皆のお父さんやお母さんと一緒よ。そうですよね？　エディット様」

「……っ、……ええ」

子どもたちに一斉に見つめられて、咄嗟にそう答える。するとおませな女の子が満足そうに微笑んで、私に言った。

「ふふ。エディット様、うちの庭を見てください！　あたしが育てたお花が咲いてるんです！　すぐそこですから」

「……ええ、ぜひ見てみたいわ」

私もその子に応えるように笑みを浮かべ、誘導されるままについていく。

けれど頭の中では、先ほどの彼女の言葉が繰り返されていた。

恋をして、家族に……。

（……恋……）

私たちの始まりは、もちろんそうじゃなかった。

王宮の夜会で一度会ったことがあるだけのマクシム様から突然縁談の申し込みが来て、私はオーブリー子爵夫妻に命じられるままに嫁いできた。それだけ。本当は子どもの頃に、私たちはすでに出会っていたのだけれど、私自身はそんなこととは微塵も知らずにナヴァール領へとやって来た。

私は恋という感情を知らない。男性と知り合う機会すらないままに二十一歳まで育ち、そのままマクシム様の妻となった。

「……」

女の子について行きながら、チラリと後ろを振り返る。領民の方と話し合いを続けているマクシム様の真剣な横顔が見えた。

マクシム様からの愛情は、ひしひしと感じている。

あらゆる時に感じる、細やかな気遣いや優しさ。そして私を見つめる彼の、熱のこもった瞳の色。ベッドで触れ合うたびに激しい欲を自制しながら、私に負担をかけまいと優しくしてくれるマクシム様。その時の狂おしいほどの心臓の鼓動さえも、私への強い愛を叫んでいるように感じられる。

(私のこの気持ちは、なんなのだろう)

マクシム様のことを、とても大切に思っている。

私をオーブリー子爵邸での過酷な暮らしから救い出し、何不自由ない満ち足りた生活を与えてくれている人。その優しさや愛に応えたいと、彼に相応しい妻になりたいと心から思っている。触れられることも、決して嫌じゃない。初めての時はあんなに苦しかった夜が、今ではむしろ心身ともに満たされ、幸せさえ感じている。

だけど、これが恋なのかと問われれば、自信がない。

救ってくれた人だから、想いに応えたいだけなのか。

それとも……。

「エディット！　どこへ行く」

その時、私が離れて行っていることに気付いたマクシム様が大きな声で呼びかけてきた。

「あたしの家のお庭です、領主様！　お花を見せたいの」

私が答えるより早く女の子が返事をすると、マクシム様は少し安心したようだった。

「分かった。そのままそこにいろ。それ以上遠くへ行くなよ」

「ふふ、はい。分かりました」

過保護なまでに心配してくれるマクシム様のその言葉に答えながら、自然と笑みが漏れる。まるで幼子に戻ったみたい。カロルたちだってそばにいるのに、こんなわずかな距離でさえも自分から離れることを気にしてくれるなんて。

恋のことはまだよく分からないけれど、マクシム様の愛情を感じるたびにじんわりと湧き上がる喜びで、私の胸は満たされるのだった。


「明日は領内で一番賑わっている街に連れて行く。王都には及ばないが、それでもかなり大きな街だ。なんでも揃っているぞ。何かお前の欲しいものが見つかればいいが」

三日目の夜。その日泊まることになった宿でベッドに入る前に、マクシム様がそう言った。

「お前が嫁いでくる時に準備していたものは、全て俺が見繕ったり侍女たちに任せて揃えさせたものばかりだ。街を見て回って、欲しいものがあればなんでも遠慮なく言ってくれ」

「は、はい。ありがとうございます、マクシム様」

私がそう答えると、マクシム様は少し困ったように微笑んだ。

「俺たちは夫婦なんだ。そんなに畏まらなくていい」

「は……はい」

どうやらマクシム様からすれば、私はいまだに堅苦しい様子に見えるみたい。最初の頃に比べると、自分ではわりとリラックスしてきたつもりでいるんだけどな。

(だけど……欲しいもの、かぁ。私にそんなもの見つかるかしら)

ベッドの中で至極当然のようにマクシム様に抱き寄せられ、そのたくましい腕を枕にするよう頭をコテンと乗せて、私は考えた。

今でももう十分すぎるほど、あらゆるものを与えられている。

ナヴァール辺境伯邸の私の部屋にある大きなクローゼットの中には、新しくて綺麗なドレスがズラリと並んでいるし、まだ一度も使ったことのない帽子やグローブ、扇やショールなどの小物類まで揃っている。その他、何足もの靴やブーツに、様々なアクセサリー。髪飾りもよりどりみどりだ。

そのうえ先日は勉強道具まで揃えてもらった。屋敷の中には大きな図書室もあって、読書がしたければ好きなだけ読める。

何一つ持たない生活から、突然使いきれないほどに全てが揃った生活に変わり、このうえ欲しいものなんてあるはずがない。

（だけど街に行って私が「何もいりません」なんて言ったら、またマクシム様に遠慮していると思われて気を遣わせてしまうんだろうな……。うーん……）

そんなことを少し悩みだした私だったけれど、マクシム様の大きな手に髪を優しく撫でられながら額に口づけをされ、気持ち良さにすぐにウトウトしはじめたのだった。

そして翌日。

これまでの三日間とはまるで違うその雰囲気に、私は驚いた。馬車の小窓から外を眺めて、目を見開く。

「賑わっているだろう？」

「は、はいっ……。すごいですね。まるで王都のようです」

これまで通ってきた、青々としたのどかな牧草地や畑ばかりの風景から一転、ここはたくさんのオシャレなお店がズラリと並び、大勢の人々が行き交う都会だった。

マクシム様と出会ったあの日、王宮に向かう馬車の中で見た王都の様子に似通っていて、私は少し緊張した。思い出しただけで、あの日の恐怖や不安までよみがえってくる。

ひそかにゴクリと喉を鳴らすと、私の返事を聞いたマクシム様が苦笑する。

「さすがに王都には負けるが、若い女性ならば見て回るのが楽しいだろう店もたくさんある。馬車を停めたら少し歩こう。昼食は、二人で大通りにあるレストランに行ってもいいな」

しばらくして馬車を降り、マクシム様にくっついて街を歩く。騎士の方々も同様に馬を置いて歩きはじめた。

「では俺たちも、巡回しつつブラブラしてきますね。ナヴァール領一の都会を楽しんでください、エディットさん。欲しいものがあったら遠慮なく団長におねだりするといいですよ。なんでも買ってくれますから」

セレスタン様が私の顔を覗き込むように身をかがめ、優しく微笑みながらそう言った。

この方は人との距離を縮めるのが本当にお上手だと思う。

「余計な世話だ、セレス。さっさと行け。それと、人の妻をなれなれしくエディットさんなどと呼ぶな。……全く」

マクシム様が私の肩に腕を回しグッと引き寄せ、セレスタン様から距離をとる。

「あはは。ではまた夕方に」

悪びれる風でもなくケラケラ笑うと、セレスタン様は数人の騎士の方々と一緒に歩いていった。他の騎士たちも数人ずつに分かれ、街の中に溶け込んでいく。

「エディット、お前は俺から決して離れるな。……こうしてずっと掴まっていろ。はぐれないためにな」

「は、はい。マクシム様」

マクシム様に左手を取られ、彼の右腕に通される。少しドキドキしながら、私はマクシム様と一緒に歩きはじめた。カロルとルイーズも後ろから静かについて来る。

（す……すごいっ……！）

さっきからずっと、胸のときめきが止まらない。

大きな通りの両側、どちらを見てもたくさんのお店が並んでいて、ショーウィンドウは美しくてオシャレなものたちで溢れていた。

色鮮やかなドレスがズラリと並ぶお店、カジュアルなワンピースやスカートが飾ってあるお店、帽子屋に靴屋、アクセサリー店……。花々のようないい香りが漂ってくるのは、香水の専門店だろうか。他にも髪飾りがたくさん並んでいるお店に、ぬいぐるみや玩具のお店、甘くていい匂いの可愛いスイーツが何十種類も並べられたお店……。

右や左にキョロキョロと首を振りながら、私は初めて訪れる街の雰囲気を心から楽しんでいた。こんなに賑やかな都会を自分の足で歩くのも、もちろん初めてのことだった。

すると突然、マクシム様のハハッと楽しそうに笑う声が頭上から聞こえ、私は我に返る。気付けばマクシム様の腕を握る手にかなり力が込もってしまっていた。

「もっ、申し訳ございませんっ……！　私、つい……」

恥ずかしくなって慌てて離そうとした手は、マクシム様によってすばやく押さえられてしまう。

「お前の反応があまりにも可愛いから、つい笑ってしまった。気に入ったようで良かった。……どうする？　どこか気になる店はあるか？」

「えっと……」

そう言われると、途端に困ってしまう。

気になるといえば全てが気になるのだけど、かといってお店に入ったところで何をすればいいのかも分からない。店に入れば必ず何かを買わなければならないのだろうか。

こういう場合、どこのお店に行けばいいの……？

まごまごしていると、マクシム様が助け舟を出してくれる。

「では、まずはあの辺りから見て回ろう。髪飾りの専門店らしい。おいで」

「は、はいっ……」

エスコートしてくれたことにホッとして、私はマクシム様の腕をキュッと握りついて行った。


お店の中にはたくさんの髪飾りがあり、どれもキラキラと輝いている。様々な形や色の品物が、ショーケースの中にも外にもたくさん並んでいて、どれから見ればいいのか分からない。

私は自分の近くに並んでいる髪飾りから順番に見て行った。

「……ふむ。俺はこういうものには疎いが、どれもお前に似合いそうだな、エディット」

「そ、そうですか？」

「ああ。……これなんか特にいいな。この深いネイビーブルーの宝石は、お前の美しい瞳の色とよく似ている。きっと似合うぞ」

マクシム様が指差したのは、シルバーの土台に大小様々な宝石が埋め込まれた髪飾りだった。ブルー系統の濃淡あるいくつかの種類の宝石が使われていたけれど、一番目立つのは中央にあるネイビーブルーの大きな丸い石だった。

「……素敵ですね……」

思わず見とれてそう呟くと、マクシム様は「気に入ったか」と言い、お店の人に向かって「包んでくれ」と言った。

「っ！　マ、マクシム様……」

驚いてマクシム様を見上げるると、不思議そうな顔でこちらを見返してくる。

「どうした？　いらなかったか？　俺は似合うと思ったが」

「い、いえ……」

「他にも欲しいものがあれば言え。もう少し見て回ろう」

あまりにも簡単に購入を決めてしまったので、私は驚いた。

(とても高価そうな品物だったのに……いいのかしら)

その後もマクシム様は私が少しでも目を留めた品物があればすぐに「気に入ったか？」と尋ね、お店の人にこれも買うあれも買う、と告げていく。髪飾りの店を出て、ドレスや靴の店に行っても同じような感じで、私はすっかり恐縮してしまった。

「……マクシム様……、こんなにたくさん、すみません……。大丈夫ですか？　その、お金は……」

数軒のお店を回った後、私がおずおずとそう尋ねると、マクシム様はほんの少し私を見つめ、またクスリと笑った。

「そんなことは気にしなくていい。これくらい大した出費でもないのだから。普段稼ぐばかりで使うことがあまりないんだ。たまに街に出てきた時くらい、妻のために贈り物をしてもいいだろう。そんなに遠慮するな」

「は……はい」

（すごいなぁ……。マクシム様にとっては大したことじゃないのね）

こんなにたくさん買ってもらって、私はさっきから気が引けて仕方ないのに。

振り返るとカロルとルイーズの手には、いくつものラッピングされた箱や袋があった。

もうお買い物は十分だと思ったけれど、マクシム様はさらに次のお店を目指す。

そして通りの中でもひときわ立派な宝石店の扉に手をかけた。

まだ何か買ってくださるつもりなのかな。もういいのだけれど……。

ドキドキしながらついて行くと、店の中は美しくきらめく宝石たちで溢れていた。ズラリと並ぶショーケースには色とりどりの様々な宝石やアクセサリーが並んでいて、それらが照明に反射してキラキラと輝いている。

「エディット、ゆっくり見るといい。きっと気に入るものがあるだろう」

案の定そう声をかけられ、私は「はぁ……」と曖昧に返事をする。きらびやかな宝石たちはどれも夢のように美しくて、この中からどれかを選ぶことなんて私にはとてもできそうにない。

その時だった。

「おや、領主様！　お珍しい。こんなところでお会いするとは」

一人の中年の男性がマクシム様に声をかけてきた。

マクシム様もおお、と返事をし、挨拶を交わしている。

（誰なんだろう。私はここにいていいのかな……）

戸惑いつつもしばらく待っていると、マクシム様が私を呼び紹介した。どうやらこの領内の代官を務めている方らしい。

「エディット、すまないがしばらく店の中を見ながら待っていてくれるか」

「はい、分かりました、マクシム様」

マクシム様はまだその方とお話があるらしい。

私はそっとその場を離れ、カロルたちを連れて近くのショーケースを覗いた。

「重くない？　あなたたち。大丈夫？」

買い物した荷物を全て持ってくれているカロルたちが気になり、私は小さな声で尋ねた。

「いいえ、少しも重くありませんわ。軽い品物ばかりですもの。どうぞお気になさらず」

「せっかくですから全部見て回ったらいいですよ、エディット様っ。こちらの宝石店は大きいですねぇ！　わりと安価な物からかなり値の張る品物まで、幅広く取り揃えてあるようですよ。ほら、あちらの奥のショーケースに並んでいる宝石たちはとても豪華ですわっ」

ルイーズに促され、おそるおそるそちらのケースを覗いてみる。

……本当だ。店の入り口付近のアクセサリーたちよりも華やかで、高価そうな宝石がふんだんにあしらわれている。

入り口の辺りでさっきの男性と会話をしているマクシム様をチラリと見て、私はもう一度宝石たちを眺めた。

どれも本当に綺麗。だけど……。

「……いかがなさいましたか？　エディット様。お気に召しませんか？」

黙って眺めている私が気になったのか、カロルが気遣うように声をかけてくれる。

「……ううん、違うの。だってもうこんなにたくさんの物を買っていただいて、そのうえ宝石までなんて……気が引けてしまうのよ。どれを見ても、私には不釣り合いなくらいに綺麗なんだもの」

「まぁ、そんな、エディット様……」

カロルは困ったように微笑むと、静かに言う。

「エディット様はご自分のことを過小評価しすぎです。私たちから見れば、どのアクセサリーも本当にエディット様にお似合いになりそうですよ」

「そうですよっ！　あ、ほら、あれなんかどうですか？　エディット様。ダイヤモンドに縁取られたあの真ん中の石、旦那様の髪色に似てシックで素敵ですよっ。明るい色の宝石もいいけれど、たまには気分が変わっていいんじゃないでしょうか」

そう言ってルイーズが指し示したのは、中央の漆黒の石を周囲の小さな宝石たちで囲んだデザインのネックレスだった。たしかにしっとりと落ち着いていて、美しかった。

「素敵ね。だけど……、私には少し大人っぽすぎないかしら」

二十一にもなるのに大人っぽいも何もないけれど、自分の雰囲気が歳の割りに幼いということは認識していた。あんな漆黒の宝石が似合うとはとても思えない。

けれどカロルもルイーズの意見に賛成のようだった。

「そんなことございませんわ、エディット様。これまでお持ちでなかった色味の宝石を身に着けることによって、旦那様にもエディット様の新たな一面をお見せすることができますよ。ふふ。漆黒の石で装うエディット様、きっと素敵だと思いますわ」

「そ、そう、かな……」

「そうですよっ。それに、ご存知ですか？　恋人や夫婦って、パートナーの髪や瞳の色のものを身に着ける風習があるんですっ」

「え？　そ、そうなの？」

ルイーズの言葉に驚き、私は目を丸くして彼女たちを見つめた。

「そうなんですっ！　ふふっ。愛情の証しですよぉ〜」

楽しそうにそう言うルイーズの隣で、カロルも言った。

「きっと旦那様がお喜びになりますわ。エディット様が黒い宝石を身に着けていらっしゃったら」

「そ、そう……」

二人の言葉にドキドキしながら、私はもう一度ショーケースの中のネックレスを見た。

落ち着いた輝きを放つその石は、やっぱり私にはとても大人びて見える。けれど、これを私が身に着ければ、マクシム様が喜んでくださるかもしれない……。

そう思った瞬間、私は初めて、このネックレスが欲しいと思った。

「わ、私、マクシム様の髪の色の宝石、身に着けてみたいな」

そう言って再度二人のほうを見た時。

（…………っ‼）

なんと二人の背後に、いつの間にかマクシム様が立っていたのだ。

私の言葉が聞こえたらしく、目を丸くして固まっている。

（き……聞かれてしまった……！）

恥ずかしくて全身が火照り、私は慌てて真っ赤になった顔を背けた。心臓がすごい勢いでドキドキしている。

どうしよう……。マクシム様になんて思われたかしら……。そんなことを考えるのはまだお前には早い、とか、まずは辺境伯夫人として勉強することのほうがよほど大事だろう、とか不愉快に思われていないかしら……。

そんなことを考えながらオロオロしていると、ルイーズが背後のマクシム様に気付いたようで無邪気に声をかけている。

「あ、旦那様！　今エディット様が旦那様の髪色の宝石をご覧になっておりますよっ。どうぞご一緒に見繕って差し上げてくださいませっ」

（ルッ！　ルイーズッ……）

二人が下がったのだろう、すうっと離れていった気配があるけれど、マクシム様は何も言わない。

不安になった私は、おそるおそる彼のほうを見上げた。

するとマクシム様は片手で口元を押さえながら、私から目を逸らすように明後日のほうを見ていた。

……耳朶や目尻の辺りが、ほんのりと朱を帯びている。

（……マクシム様……、あれ……？　もしかして……照れていらっしゃる……？）

コホ、と軽く咳払いをしながら、マクシム様が私の隣にやって来た。

「……黒瑪瑙《くろめのう》という鉱石だ」

「……え？」

「その石。今お前が見ていた」

「……あ、これのことですか？」

「ああ。悪いものから身を守ると言われている。それに、成功や自信という石言葉もある。……お前にはぴったりかもしれないな」

そう言って私を見ると、マクシム様は優しく微笑んだ。

「わ、私に、ですか？」

「ああ。悪いものからお前の身を守るのは俺の役目だが、お前はいつもどこか自信なさげで、何かに怯えているように見える。これをお守りにすれば自分に自信が湧いて、もっと堂々としていられるようになるかもしれない」

何かに怯えているように見える。

その言葉に、心臓がドクッと音を立てた。

もしかしたらマクシム様は、私が何かを隠していると勘づいているのかもしれない。

……どこまで見抜かれているかは、分からないけれど。

「エディット」

名を呼ばれ、私はマクシム様のお顔を見上げた。

「……俺の色を身に着けたいと思ってくれているのか」

そう言うマクシム様の眦《まなじり》は、またほんの少し赤く染まっていて。

私もつられて頬を熱くしながら、けれどはっきりと返事をした。

「は、はい。欲しいです、マクシム様の色のアクセサリーが。……買っていただけますか？」

初めて自分から、マクシム様にお願いをした。

マクシム様は店中の黒い宝石を全て買い占めるつもりかと思うくらいに、たくさんのアクセサリーを買っていた。それらはとても持ち帰ることなどできず、後日屋敷に届けてもらうことになった。

お店を出る時、マクシム様が私に言った。

「エディット。黒瑪瑙には他にも石言葉がある」

「そうなのですか？　なんという言葉ですか？」

マクシム様は私の手を取りしっかりと握ると、こちらを見て微笑んだ。

「夫婦の幸福だ」

（……っ！）

マクシム様のその温かい微笑みに、胸の奥がじわりと熱くなり、また心臓が音を立てる。その心臓を小さな妖精に摑まれ揺さぶられているかのように、どうしようもなく胸がざわめいて、なぜだか涙が込み上げそうになった。

その微笑みを、ずっと見つめていたいと思った。

マクシム様の色の宝石を私が欲しがったのを、マクシム様が喜んでくださったことが、どうしようもなく嬉しかった。


それから私たちは二人で街のレストランに入った。

見るからに高級な店構えにとても緊張したけれど、不慣れな私を気遣うマクシム様にエスコートされ、お料理も彼が全て選んでくれた。

お屋敷で出される毎日の食事も最高に美味しいのだけれど、こうしていつもと違うレストランで、マクシム様と二人きりでする食事も格別だった。新鮮で、すごく楽しい。マクシム様は私のために食後のケーキやムースなども頼んでくださり、私のお腹ははち切れそうだった。

街では特に異常はなく、夕方になって合流したセレスタン様たちも、各々自由な時間を楽しめたようだった。

「すごく綺麗な懐中時計を見つけたんですよ。エディットさんが喜んでくださるんじゃないかと思ったんですが、俺が贈り物なんかしたら団長に踏み潰されるかもしれないと思って諦めました」

「当たり前だ、馬鹿」

「新しい店もできていましたよ。ガラス細工の小物がたくさん置いてありました。団長たちは行かれましたか？」

「いや。そんな店があったのか」

「ああ、向こう側までは見ていないんですね。だいぶ北側ですよ。まぁ何にせよ、大通りが相変わらずの盛況ぶりで良かったです」

マクシム様とセレスタン様の会話は本当に気兼ねなく楽しそうで、聞いている私の心も和ませてくれる。

その日の宿に着き、皆で夕食を済ませ、それぞれが部屋に入る。

歩き回った疲れと満腹感で、今にも瞼が落ちてきそうだった。

「疲れただろう、エディット。少し横になるといい」

「いえ、そんな……」

就寝の時間でもないのに、マクシム様の前でだらしなく横になるなんて。それに、まだ湯浴みも済ませていない。

「いいから少し休め。無理して体調を崩したらどうする」

（……そ、そうだわ。あんなに歩き回ったのに元気だと、逆におかしいのかもしれない……）

何せ私はずっと病弱だったことになっているのだから。

「では……すみません、お言葉に甘えて、少しだけ」

「ああ」

私は気まずい思いをしながら、マクシム様の前でベッドに横たわった。ほんの少しだけ、体を休めるふりをするつもりで。

けれど、横になるやいなや、私はすぐに眠ってしまったらしい。

ふと目を開けた時、だいぶ時間が経ってしまっていることに感覚で気付いた。

ハッとして慌てて起き上がると、マクシム様の姿がなかった。代わりに廊下の向かい側の部屋をとっているはずのカロルとルイーズがいる。

「お目覚めでございますか？　エディット様」

「……マ……マクシム様はっ……」

声をかけてくれたカロルに問いながら、私は冷や汗をかいた。

(横になるだけのつもりだったのに、眠ってしまうだなんて。どうしよう。無作法だとお怒りになっていたら……！)

けれど二人はニコニコしながら私を見ている。

「エディット様を休ませてあげたいから少し外出してくると、そう仰っておいでいでした。眠っていらっしゃる間、おそばについておくようにと仰せつかりました」

「ふふっ。本当に、見た目によらずお優しい方ですわ、旦那様って！」

二人の返事に少しホッとしながらも、私はまだ不安だった。

「お、お怒りではなかった？」

「まぁ、ふふ。いいえ、ちっとも」

「いつも通りのご様子でしたよっ。そんなにご心配なさらず。むしろ旦那様はエディット様のお体のことを、いつも気にかけていらっしゃるんですからっ」

ルイーズのその言葉に、胸がチクリと痛む。マクシム様は、私が病弱だったと信じていらっしゃるから、こんなに気遣ってくださるのだろう。

騙しているようで、申し訳なかった。

その後しばらくしてマクシム様が戻ってくると、カロルたちは交代とばかりに部屋を出て行った。

「少しは休めたか」

「は、はい。随分疲れがとれました。……すみません、マクシム様。一人で寝てしまって……」

気恥ずかしく思いながらそう謝罪すると、マクシム様は穏やかな声で答える。

「そんなことは構わない。いつも言っているだろう。俺たちは夫婦なんだ。疲れたら疲れたと、つらい時はつらいと、なんでも話してくれ。……俺はお前と、そういう関係になりたいと思っている」

（マクシム様……）

どこまでも優しいその言葉に、胸の奥がジンと痺れた。

私も、この方に優しくしたい。こんなに穏やかで満ち足りた日々を与えてくれるこの人を、私も同じように癒してあげられたら……。

「……ありがとうございます、マクシム様」

私は心を込めて、そう伝えたのだった。


その後は視察の間の恒例となった、二人きりの湯浴みをすることに。

「ふ……いつまで経っても慣れないのだな、お前は」

「だ、だって……」

裸を見られることがどうしても恥ずかしく、浴槽の中で背を向ける私を、マクシム様が後ろから包み込むように抱く。

……なんだか頭がぽわんとしてしまう。

「……何を考えている？」

「……こんなに幸せで、いいのかなって……。結婚してから、私毎日がとても幸せなんです。……マクシム様のおかげです」

私がそう告げると、マクシム様の両腕に力がこもる。マクシム様は後ろから、私の耳や首すじに唇を押し当てた。

「俺もだ、エディット」

耳元で低く囁かれるその声に、体が甘く疼くような感覚がした。

うっとりと目を閉じると、私の体は湯の中でふわりと抱き上げられ、マクシム様に横抱きにされる。

濃密な口づけを交わしながら、私の腕は自然とマクシム様の首すじに伸び、彼のたくましい体を抱きしめていた。

「……お前を妻に迎えてから、毎日が夢のようだ。お前が可愛くて、愛おしくてならない」

私を見つめる、神秘的な銀色の輝きを帯びたその眼差しは、私への深い愛情がたしかに見てとれた。

そして、身を焼かれるほどの切実な欲望も。

「出よう、エディット。……このままお前をベッドに連れて行きたい」

私はマクシム様に大人しく従い、彼とともにベッドに身を沈めた。

熱烈に私を求めてくるマクシム様に応えながら、そういえばこの二日間は何もせずに眠ったんだっけ……と思い返した。

（きっと私の疲れや負担を考えてくださっていたんだろうな……）

そう思い至った瞬間胸がじんわりと熱くなり、私はまた無意識にマクシム様に腕を伸ばして抱きしめたのだった。


翌日は街から離れ、また領内の巡回が始まった。街が遠ざかるにつれて、徐々にまたのどかな風景が戻ってくる。

「もうすぐ折り返し地点だ。行きは西側を大きく回ってきたが、帰りは領土の東側を通るぞ」

「はい、マクシム様」

そう返事をし、私は馬車の小窓から外の景色を眺める。

ここは本当に素敵なところだ。のどかで、人々は皆親切で。しかも大きな街まであって、お買い物もとても楽しかった。

しみじみとそう思っていた私だったけれど、その後立ち寄った場所で、不穏な気配を感じることとなった。


「作物泥棒です。やられました……」

街を離れて二日目。

領土の東に位置する地域では、領民たちが項垂《うなだ》れていた。

「収穫目前だった麦も野菜も、根こそぎ持って行かれました。大損害です……ああ……」

「落ち着け。被害に気付いたのはいつ頃だ」

マクシム様は頭を抱える領民たちに声をかけながら、被害状況を確認している。同行している騎士の方々も、慌ただしく周囲の様子を確認しに行った。

(泥棒が出るなんて……)

これまでの平穏な雰囲気とはあまりに違う人々の様子に、私は戸惑うばかりだった。

マクシム様と話している領民の男性たちのそばに、小さな女の子がいる。

不安そうに彼らを見つめている女の子が可哀想で、私は少しドキドキしながらもその子に話しかけてみた。

「こんにちは」

「……泥棒さんがいるの?」

女の子は話しかけてきた私を見上げそう言った。

「……そうみたいね。でも大丈夫よ。領主様や騎士様たちがいるもの。きっとどうにかしてくださるわ。……あ、そうだ」

私は急いで近くに停めてある馬車に戻り、小さな包みを持ってくる。

「これ、よかったらどうぞ。街のお土産よ」

「……?　わぁ……っ」

包みの中から出てきた可愛い色の小さなキャンディーに、女の子の目が輝く。

「ふふ。いろいろな色があって綺麗よね」

「うん！　ありがとうおねえちゃん！　おねえちゃんと一緒にたべる！」

（お、おねえちゃん……）

親しく呼ばれたことが嬉しくて、顔が緩んでしまう。

私はその子と並んで木の柵に腰かけ、お喋りしながらキャンディーを口に入れた。

しばらく話しているうちに、女の子はすっかり元気になった。

そのことにホッとしていると、マクシム様がこちらに向かって歩いてくる。

「い、いかがでしたか？　状況は……」

「ああ。どうやらこの一帯はあらかた被害を被っているらしい。……エディット、俺はここから馬で移動する。万一のことがあった場合に早急に対応できるようにしておかねば。お前の馬車にはカロルたちを同乗させよう」

その言葉といつもより厳しいマクシム様の表情に、私の胸に大きな不安が押し寄せた。

マクシム様は私の隣に腰かけていた女の子に視線を送り、その頭を優しく撫でる。

「菓子をもらったのか。良かったな」

「うん！　おいしいっ！　……もう行っちゃうの？　りょうしゅさまとおねえちゃん」

「ああ。泥棒を捕まえて、盗まれたものを取り返さなくてはな。心配するな、大丈夫だから。……行くぞ、エディット」

「は、はいっ……」

私は立ち上がり、同じように女の子の頭を撫でる。

「また会えるの？　おねえちゃん」

「ええ。また来るわ。元気にしていてね」

「うんっ！」

嬉しそうに笑顔を見せてくれた女の子に手を振って、私はマクシム様の後を追った。

馬車まで行くと、セレスタン様たちが厳しい表情を浮かべマクシム様に報告をしている。

「周辺の家はほぼ被害が出ています。家畜も殺されたり、持って行かれたりしているようですね。ですが、夜間に領民たちが見回りをした時にはまだ異変はなかったとか。犯行は未明から明け方早くに行われた可能性が高いですね」

「ああ。そのうえかなり大量に持って行っている。となると、大きな幌馬車が数台はあるはずだ。通れる道は限られているし、移動速度もそれほど速くはない。……間に合うはずだ。急いで追うぞ」

「はっ！」

突然の緊迫した雰囲気に、私はひどく緊張してきた。胃がギュッと縮むような感覚がし、指先が震えてくる。

「エディット」

不安が顔に出てしまっていたからだろうか、マクシム様が私の頬をそっと撫で、優しく微笑んでくれる。

「お前を危険な目に遭わせるわけにはいかない。御者には俺たちが向かうのとは違う順路を伝える。

おそらくは窃盗団が通ることのないであろう内側の道だ。騎士も念のため三名付けておく。安心して、先に帰っていろ。後から追う」

「は、はい」

マクシム様は私の後ろに控えているカロルたちに視線を送り、言った。

「エディットを頼む」

「承知いたしました、旦那様」

二人が毅然とした声でそう返事をすると、マクシム様はそのまま漆黒の大きな馬の元へ向かった。

この視察の間、マクシム様はずっと私と同じ馬車に乗って移動してくれていたけれど、彼の馬もちゃんと連れてきていたのだ。

「マ、マクシム様……！　どうか、ご無事でっ……」

騎乗したマクシム様のそばに駆け寄りそう声をかけると、彼はこちらを見下ろし、ああ、と笑って言った。

「心配するな。俺を誰だと思っている」

「そうですよ。なんといっても氷の軍神騎士団長ですからねー。ご心配なくエディットさん。むしろ俺のほうを心配してくださると嬉しいなー、なんて」

「黙れ馬鹿。行くぞ」

セレスタン様の軽口を制したマクシム様のその言葉を合図に、騎士団の面々は猛スピードで馬を走らせ、あっという間に遠くへ行ってしまった。先頭のマクシム様の姿は真っ先に見えなくなる。

「……さ、私たちも行きましょう、エディット様」

不安で不安で、マクシム様たちが去って行った道をいつまでも未練がましく見つめていたけれど、カロルに促され私も渋々馬車へと戻った。

「最近のナヴァール領は平穏そのものだったそうで。窃盗団に狙われたのは久しぶりだそうですよぉ。さっき領民の人たちが向こうでそう話していましたっ。やっぱりあの旦那様率いるナヴァール騎士団が猛烈にお強いからでしょうねぇ。その噂が広まっているせいか、ナヴァール領は狙われにくいんだそうです」

「……そう」

ルイーズが興奮気味にそう話し、カロルは気遣わしげに私に微笑みかける。

「他ならぬ旦那様ですもの。ご心配なさることはありません、エディット様。……東側に幌馬車が通れる大きな道路があるそうで、おそらく連中はそこを抜けて他領に逃げおおせるつもりだろうと。そうなる前に取り押さえようとなさっているようですね。首尾よく捕まえられるといいのですが」

「そうね……」

二人の話を聞きながら、私の心も徐々に落ち着きを取り戻していった。

きっと大丈夫。あのマクシム様だもの。セレスタン様たちもいるんだし。

「私たちの馬車のために三名も付けてくださって、申し訳ないわね」

進み出した馬車の両側と前を囲むように守ってくれている騎士たちに恐縮していると、カロルが言った。

「何を仰いますか。辺境伯夫人を無事にお屋敷まで送り届けることは彼らの大切なお役目ですよ。私たちだってそうですわ」

「……ええ。ありがとう」

その言葉に私は微笑んで頷いた。

それからしばらくの間、道中は静かだった。

家々は徐々に少なくなり、盗賊が出たなんてとても思えないほど、馬車が通る周辺はのどかに見えた。ルイーズがポツリと呟く。

「随分閑散としてきましたねぇ」

「前方に林があるわ。あの中を突っ切るのでしょうね」

「えぇっ？　この馬車が通れるのかしら？」

「通れるのだと思うわ。……ほら。結構ギリギリだけどね」

カロルがそれに答えているのを聞きながら、私は外を眺める。林の中に入ったようだ。

「本当ね。大きな木がすぐ真横にあるわ。……ふふ、なんだかドキドキするわね」

「そうですね、エディット様」

「大きな木々に囲まれて、急に暗くなっちゃいましたねっ。幽霊が出そうですっ」

「いやね、そんなはずないでしょう。ルイーズったら」

ルイーズの言葉をカロルが諫めている。そのやりとりがおかしくてクスリと笑い、私は改めて外の気配を確かめた。

鬱蒼と茂る大きな木々は密集し、この馬車が通っている道路以外の見えるところ全てが緑で覆われていた。陽の光もなかなか届かないであろう地面は、それでもところどころが小さくチカチカと金色に照らされている。生い茂る葉の隙間を縫って日差しが届いているのだろう。

その時だった。

ガタンッ！　と大きな音がして、馬車が激しく揺れた。

まるで巨人の手によってこの馬車が鷲掴みにされたかのような、突然の衝撃だった。

「きゃあっ！」

「な、何っ……!?　エディット様っ……！」

その衝撃で私の体は椅子から跳ね上がり、カロルたちに向かって突進してしまった。二人も大きく体勢を崩しながらも必死で私を受け止めてくれる。

「お怪我はございませんか!?　エディット様」

「だ……大丈夫よ……」

膝の辺りを少しぶつけてしまって痛みを感じたけれど、大したことはない。それよりも……。

「い、一体なんなのでしょうか。岩にでも乗り上げたのかしら……っ」

ルイーズがそう言い終わるやいなや、またも馬車に衝撃が走る。今度は側面に何かがぶつかってきたような大きな音がした。

「きゃ……っ！」

「エディット様、ここでお待ちください。外の様子を確認してまいりま……」

カロルがそう言って立ち上がった瞬間だった。

「な、何者だ貴様ら!!」

「ぐあぁぁーーっ!」

(――――っ!?)

ただならぬ怒声、断末魔のごとき叫び声、そして激しく刃のぶつかり合うような緊迫した鋭い音が、突如すぐそばで聞こえはじめたのだ。

(誰かが、この馬車の外で争っている……?　一体誰が？　もしかして私たち、襲われているの……!?)

私たち三人はいつの間にか互いの体をしっかりと抱き合い、固まって震えていた。

「外に出ないでください!!　よろしいですか！　馬車の扉を開けないで!!」

騎士の一人と思われる男性の大きな声が聞こえ、それが私たちに向かってかけられている言葉だと気付いた。

馬車の外で由々しき出来事が起こっているのは明白だった。

「クソッ!　なぜこんなところに……!」

「馬車に近付けるな!　奥方を守れ!!」

鋭い金属音と男性たちの叫び声、それに馬たちが暴れ回るような激しい騒音に囲まれて、恐怖のあまり息もできない。心臓が口から飛び出しそうなほどに脈打っていた。

「だっ!!　だだだ大丈夫ですよエディット様っ……!!　い、いざとなったらこのルイーズが、お、お、囮に……っ!!」

私の背中を覆うように抱きしめてくれていたルイーズが、歯の根が合わない声でそう言った時だった。

ドンッ！　とまた大きな音がした。

ガクガクと震えながら顔を上げ、私は硬直した。

馬車の小窓から、この世のものとは思えない恐ろしい形相をした男がこちらを覗いていたのだ。ボサボサに伸び切った髪、血走った大きな目、煤けた顔……。小窓に張り付いた手も真っ黒だった。

「ひっ………………！」

全身の血の気が引き、腰から下の力が抜ける。その男がこちらを見たまま大きな声を上げる。

「おい!!　貴族の女が乗ってるぞ！　領主の身内かもしれねぇ!!　こいつらを人質にとって戻り、奴らに俺らの馬車から手を引かせるんだ！」

（…………っ!!）

その大きなダミ声に総毛立つ。

私が、狙われてる……！

けれど男の声とは裏腹に、誰かが馬車の扉を開けようとする動きはない。外からは相変わらず人々が激しく争う音が聞こえてくる。おそらくは騎士たちが食い止めてくれているのだろう。

私は、このままここにいていいの……!?

「ど、どうしましょう……カロル、ルイーズ」

「我々はとにかくここにジッとしている他ありませんわ、エディット様。下手に動けば騎士たちの足手まといになるだけです……！　どうぞ、このまま私たちのそばにいてくださいませ」

「そっ、そうです……！　ご心配なさいませんよう！　何があってもエディット様だけは守りますわっ！」

（……カロル、ルイーズ……）

彼女たちだって怖いはずなのに、こんな状況でも必死で気持ちを奮い立たせ、私を守ろうとしてくれている。

（ダメだわ……。私のためにこの子たちを犠牲にするわけにはいかない。しっかりしなきゃ……！）

ナヴァール邸に嫁いできた日から、ずっと私の心を支えてくれていた大切な侍女たち。いつも私を気遣い優しく接してくれたことが、どれほど心強かったか。

（いざとなれば……私が二人を守るんだから……!!）

そう思った途端、不思議なほどに気持ちが落ち着いてきた。

ううん、もちろん緊張と恐怖は拭い去れないけれど、さっきよりも自分の頭が冷静さを取り戻していることが分かった。

（大丈夫……マクシム様がきっと助けに来てくれるはず……）

追い詰めた窃盗団のうちの数名が逃げ出したことに、マクシム様が気付いていないはずがない。

きっと追っ手を送っているはず。

分からない。

窃盗団がどれくらいの人数なのか、視察に同行していた騎士たちの人数で対応が足りているのかは分からない。

けれど、私の心はマクシム様が助けに来てくれることを微塵も疑っていなかった。

「……そうね。今は黙って耐えましょう。騎士たちが戦ってくれている。もうすぐ援護が来るはずだわ。それまでここでジッとしていましょうね」

私がそう言うと、二人も強張った笑みを浮かべる。

「……はい、エディット様」

「そっ！　そうですよね。ええ。はい！　……大丈夫ですっ。ナヴァール辺境伯騎士団の騎士たちの強さは折り紙付きですからっ」

そう言って三人で微笑み合った、その時だった。

「ぐあぁっ!!」

苦しげな声とともに騎士の一人が仰向けに倒れるのが、片側の小窓から一瞬見えた。

（っ！　大変っ……！　今攻撃されたら彼は……！）

扉のすぐ外に倒れた騎士を助けに行くべきかどうか、束の間悩む。

他の二人の騎士が食い止めてくれている間に、開けた扉からカロルたちとともに倒れた彼を馬車の中に引き入れることができるのではないか。そして騎士を助けたらすぐさま扉をもう一度閉める……。

目まぐるしく頭を回転させていた次の瞬間、扉とは逆側の小窓からまた大きな声がした。

「本当だ！　随分小綺麗な女がいるじゃねぇか。ここを叩き割るぞ!!」

そんな声とともに、パリーン！　と鋭い音を立てて小窓が壊される。

「ひゃあぁぁぁっ!!」

「馬鹿野郎!!　そこからどうやって女を引きずり出すって言うんだ！　扉側に回れよ!!」

「てめぇこそ馬鹿か！　女たちが内鍵を開けるわけがねぇだろ!!　ここから力ずくでこの馬車をぶっ壊すんだよ！　手伝え！」

ルイーズの甲高い叫び声と、男たちの言い争う声。外では相変わらず武器のぶつかり合う金属音が響いている。

（今しかない……！）

この一瞬の隙をついて、倒れた彼を助ける。このままでは殺されてしまうかもしれない。見捨てるわけにはいかないと思った。

カロルとルイーズは言い争う男たちの方に釘付けだ。その男たちもこちらを見てはいない。

私は勇気を出して扉へ近付き、内側の引っ掛け鍵を開けた。

「は、早くこちらへっ……！」

案の定、扉の外では騎士の一人が苦しげな表情で蹲っていた。出血している腹部を手で押さえている。それを見た瞬間、私は反射的に馬車から身を乗り出していた。

「しっかりしてください！　とにかく中へ……！　手を！」

私が手を伸ばすと、騎士はこちらに気付き驚愕の表情を浮かべた。

「お、奥様……！　ダメです！　早く扉を閉めて……な、中へお戻りください……！」

私を守ろうとしているのか、騎士は顔を顰めながらヨロヨロと起き上がろうとする。見ていられず、私はさらに体を乗り出す。

馬車の前方に目をやると、二人の騎士が剣を振り回して賊と戦っている姿が見えた。誰もこちらを見てはいない。

心臓が破裂しそうなほどドキドキしている。

この人を中に引き入れて、止血をしなければ。この馬車も破壊されてしまうかもしれないけれど、中に戻ってもう一度鍵をかければ少しは時間が稼げるはず。きっともうすぐ、マクシム様たちのうち誰かが、ここへ駆けつけてくれる。

今しかない……！

「手伝います。早くこちらへ手を……！」

気が急いた私が再び騎士に声をかけた、その時だった。

「おお、こいつはすげぇ別嬪じゃねぇか」

（…………っ!!）

野太い声にギクリとして、おそるおそる視線を動かす。

馬車の後方から、薄汚れた格好をした大きな体軀の男が、下卑た笑みを貼りつけこちらに向かって歩いてきていた。

心臓を氷の手で摑まれたような恐怖を覚え、身動きがとれない。その距離はあっという間にあと数歩というところまで迫ってきた。

「お……奥様……！　早く扉を……グハッ!!」

目の前で倒れていた騎士を容赦なく蹴り飛ばす大男。

彼は歯を見せてニタァと笑うと、躊躇なく私の手首を鷲掴みにした。その岩のようなゴツゴツとした手で触れられた瞬間、全身に汗が浮かび、クラリとめまいがした。

顎がガクリと天を向く勢いで、私は馬車から引っ張り出された。

「きゃあぁぁぁっ!!　エディット様ぁっ!!」

「ひっ……！　ぶ、無礼者っ……!!　は、はは離しなさいっ……!!」

異変に気付いたカロルたちが、扉のほうへとやって来る。

「出てはダメよ!!　扉を閉めて鍵をかけなさい!!」

自分でも驚くことに、私は彼女たちを振り返り咄嗟にそう叫んでいた。こんな大声を出したのは、生まれて初めてだった。

「おら、騒ぐんじゃねぇよ。黙って大人しくついてこい。お前と俺らの獲物を交換してもらわねぇとなぁ」

大男は容赦のない力で私をズルズルと引きずりはじめた。

必死で力を込めて抵抗するのに、男の歩く速度は少しも緩まない。太い指で私の手首を折れそうなほどに握りしめ、まるで荷物を引きずるようにスタスタと歩いていく。

「は……離してくださいっ……！　やめて……!!」

「ひひ。誰が離すかよ。俺らはなぁ、念入りに計画を立てて根こそぎ集めた収穫品を、あの騎士の連中に奪われたんだぞ。お前と引き換えにあれを全部返してもらうぜ。まぁ、本当にお前を無傷で返すかどうかは奴らの出方次第だがな。ガハハ」

返してもらうも何も、奪ったのはあなたたちのほうでしょう？　誰が育てた家畜や作物だと思っているの⁉　最低な人たちね‼

そんな反論は口から出ない。それどころじゃないからだ。

男の力はとにかく凄まじく、あれよあれよという間に私は馬車から引き離された。目の前に一頭の馬がいる。

……まさか。

「よし、俺と一緒に行くぞお嬢さん。奴らの元に戻り、交渉開始だ。あんたを殺すと言って首すじに剣を突きつけでもすりゃ、あのバカでかい騎士も引くしかねぇだろ」

ケッケッケッと無気味に笑いながら、男は私のほうを振り返った。その薄汚い笑みに頭が真っ白になった私は、無意識のうちに金切り声を上げていた。

「い、いやぁぁっ‼　マクシム様ぁぁっ‼」

その時だった。

ヒュッと風を切るような音が聞こえたかと思うと、私の手首を引っ張っていた強い力がふわりと消えた。

（えっ……？）

バランスを失ってふらりとよろめき、私は地面に両手をついた。反射的に前方を見上げると

（……っ！　マ……マクシム様っ……!!）

私を守るように前に立ち塞がっているのは、紛れもなくマクシム様だった。

剣を握り大男に対峙するその後ろ姿はまるで鉄壁のような頼もしさで、ホッとして涙がこみ上げる。

「ぐ、ぐわぁぁぁっ!!　手が……手がぁーーっ!!」

突如、さっきまで私の手を乱暴に摑んでいたはずの大男が、喉が潰れるほどの叫び声を上げた。

マクシム様の陰からそっと覗いた私は、思わず息を吞む。

男のその手は肘から先がなくなっており、そこから鮮血が噴き出していた。男は目を見開き、もう片方の手でそこを庇うようにしながらフラフラとよろめいている。

「……よくもその薄汚い手で、俺のエディットに触れてくれたな。貴様だけは、絶対に許さん」

地に響くようなその低い声がマクシム様のものであると私が気付いた瞬間、もうその姿は目の前にはなかった。彼はいつの間にか大男の間合いに詰め寄り、剣を振り上げ足元を裂いた。

「ひっ……！　ぎゃぁぁぁっ!!」

断末魔のような声とともに男はその場に崩れ落ち、のたうち回る。今の一瞬で、男が立てなくなるような傷を負わせたのだろうか。

（す……すごい……）

その大きな体軀で一体なぜそんなに俊敏に動けるのかと呆気にとられるほど、マクシム様の動きは速く、そして無駄がなかった。

「エディット！　下がっていろ！」

「っ！　は……はいっ……！」

緊迫感のあるマクシム様の声に、私は反射的に背後の木の陰に身を寄せた。

マクシム様は風のような速さで駆け回っては、そのたくましい腕で幾度も剣を振り、苦戦していた騎士たちをあっという間に助け出しながら次々と賊を打ち負かしていく。

私はただひたすら、彼のその姿を見つめていた。

味わったことのないこの非常事態に対する緊張感からか、マクシム様を見つめる私の鼓動は早鐘を打ち続けていた。

「あれっ？　もう片付いちゃってません？　相変わらず仕事が早いなぁ団長は」

ふと聞き覚えのある間延びした声がしたかと思うと、セレスタン様や他の騎士の方々が馬に乗って現れた。

木陰に身を寄せる私と目が合ったセレスタン様は驚いた顔をする。

「エディットさん！　なぜそんなところに……!?　お怪我は!?」

「あ、ありません」

多分、だけど。

セレスタン様はほうっと息を吐くと、「ともかく一度馬車へお戻りください」と言って、他の騎士たち同様辺りで伸びている賊たちを捕縛しに行った。

もう動いている賊はいないみたい。

私はすばやく馬車へと移動する。

「エ……エディット様っ!!」

「ああ！　良かった……！　よくぞご無事で……!!」

中で身を寄せ合っていたカロルとルイーズは、私の姿を見るやいなや飛びつく勢いで抱きしめてきた。私も二人を思いきり抱きしめながら、思わずじわりと涙が浮かぶ。

「もっ、申し訳ございません、エディット様ぁっ！　賊の一人が中に踏み込んできて、助けに行くことができずっ……」

「何を言うの。私が悪いのよ。私が鍵を開けたりしたからっ……。あなたたちのことまで危険にさらしてしまったわ……本当にごめんなさいっ……！」

「謝らないでくださいませ、エディット様。……ご無事でようございました……！」

三人で抱き合いながら無事を喜び合っていると、ふいにマクシム様の低い声が馬車の中に響いた。

「エディット」

「……っ！　マ、マクシム様……。あ、あの……」

マクシム様が馬車に入ってくると、カロルたちは涙を拭いながら慌てて私から離れ、端へ移動する。

マクシム様は厳しい表情をしたまま私の元へやって来ると、私の両肩を摑み、真正面からジッと瞳を覗き込むように見据える。

「……怪我は」

「あ、ありません。……た、助けてくださって、ありがとうございました……。ご、ごめんなさい、私……」

マクシム様の表情の固さに、私は自分の失態を責められていると感じた。怪我を負った騎士から、事情を聞いたのだろうか。

私が余計なことをしたから、マクシム様は怒っていらっしゃる……？

「……勝手に馬車の扉を開けてしまって……い、いても立ってもいられず……」

きちんと話さなければと思うのだけれど、私を見つめるマクシム様の瞳があまりにも真剣で、その怒りのほどを思うと気持ちが萎縮してしまう。

それ以上何も言えなくなり俯いた私のワンピースの裾から、ふいにマクシム様の大きな手がするりと滑り込んできた。

「っ!!　マ、マクシム様っ……！」

「……」

足首からふくらはぎ、太腿。ワンピースの中で両足を丹念に撫でられて、私は訳が分からずマクシム様を見つめ返した。

自分の顔が真っ赤になっているのが分かるほど火照っている。

「……本当に、どこにも怪我はないんだな」

「……は、はい」

そう答えても、マクシム様の表情は少しも柔らぐことがない。しばらくそのまま私を見つめていたマクシム様は、ふいに視線を落とし、私の手首を持ち上げた。

（……あっ……）

そこには先ほどあの男に摑まれた時の痣が、くっきりと残ってしまっていた。

「あるじゃないか、ここに」

「……き、気付かなくてっ……。申し訳ございませんっ……」

いつもと全く雰囲気の違うマクシム様の様子に、心臓がドクドクと激しく音を立て、指先が冷たくなっていく。

マクシム様、本気で怒っていらっしゃる……。

その時、騎士の一人が扉の外からマクシム様に声をかけた。

「団長、後ろの馬車は動きます。こっちはもうダメですね。車輪がやられています」

「分かった。セレスはそこにいるか」

そう返事をしながら、マクシム様は突然私を横向きに抱き上げると、カロルたちについて来るよう指示をし、そのまま馬車を降りる。

「マ、マクシム様……、あの、わ、私足は平気で……」

「お呼びですかー？　団長」

そこにやって来たセレスタン様が、いつも通りの緩慢な口調でマクシム様に声をかける。

「先に後始末にとりかかってくれ。俺は近くの宿にエディットを送り届けてから合流する」

「承知しましたー。いやぁ、ご無事で本当に良かったです、エディットさん。怖い思いさせちゃいましたね。最近じゃこんなこと滅多にないんですが……よりにもよって今回の視察で賊にかち合ってしまうとは。でもまぁ、盗まれた物は無事全部回収できましたし、死人も出ていません。負傷した騎士も、さほど深い傷ではないようです。あの様子なら数週間後には復帰できるでしょうし、この通り、賊も一人残らず……」

マクシム様に抱き上げられた状態の私の前でペラペラと話しはじめたセレスタン様から隠すように、マクシム様はくるりと向きを変えた。

「もういい。行け」

「はいはい。了解です」

セレスタン様が行ってしまうと、私たちは荷物を積んでいた後続の馬車に乗り込み、この場を離れた。

移動中、私を膝の上に抱えたままのマクシム様が一言も発することなく、そのうえこちらには一切目もくれずに窓の外を向いたままでいることが、たまらなく不安だった。

どうしよう。こんなマクシム様は見たことがない。

……私に失望してしまったのだろうか。

自分の身を守ることもできず、勝手に馬車の扉を開け、侍女たちまで危険にさらし、マクシム様のお手をわずらわせた。宿の部屋に入ったら、厳しく叱責されるのかもしれない。

(もしも……愛想を尽かされてオーブリー子爵家に返されてしまったら……)

そう考えた途端胸がズキリと痛み、視界が揺らぐ。

私は大人しくマクシム様の膝に抱かれたまま、こみ上げる涙がこぼれてしまわないようにと必死で我慢していた。

林を抜けしばらく細い道を進むと、小さな街が見えてきた。すぐに一軒の宿に着き、カロルたちが受付で宿泊の手続きをしてくれる。元々ここに一泊する予定はなかったから予約はしていなかったそうだけれど、幸いにも人数分の部屋は確保できたらしい。

部屋に入るまで、私はずっとマクシム様に抱かれたままだった。

「薬箱を置いておいてくれ。何かあれば呼ぶ」

「承知いたしました、旦那様」

マクシム様はカロルとルイーズに怪我がないことを確認すると、二人に出て行くよう指示をした。

部屋の中は、私とマクシム様の二人きりになった。

「……あの……マ……」

いまだに抱きかかえられたままの私は、沈黙に耐えきれず再度謝罪をしようとした。

すると。

「っ！　……きゃっ……」

マクシム様は突然歩き出し、私をベッドの上に下ろした。

そのまま私の顔の両脇に手をつくと、仰向けになった私の真上から、射抜くような熱い視線で私のことを見つめる。

「マ、マクシム、様……」

「見せてみろ、エディット」

「……？　え……？」

「本当に他に怪我がないのか、俺に見せて、安心させてくれ」

（み、見せるって……？）

私が戸惑っている間に、マクシム様は私のワンピースのボタンを躊躇なく外しはじめた。首元にかすかに触れたその指先は、あっという間に胸から腹部へと下りていく。

「ま、待ってくださいマクシム様……！　私は、本当に……」

「いいから、大人しく見せろ」

「……っ」

陽の光が差し込む部屋の中で素肌をさらす羞恥心から抵抗を試みるも、マクシム様の瞳は至って真剣だった。

両肩からするりとワンピースを剥ぎ取られ下着があらわになり、私はたまらず顔を背ける。マクシム様は私の首すじからゆっくりと指先でなぞりながら、視線を下に滑らせていく。

こんな風に私だけが肌をさらすような状況は初めてのことだった。

恥ずかしくて恥ずかしくて、心臓が破裂しそうなほど激しく脈打っている。

「……擦りむいているじゃないか」

「……え……？」

火照る顔を両手で覆っていると、私の足を見たマクシム様が低い声で言った。

……そういえば、膝をぶつけたような気がする。馬車の中だったかしら。

「背中も見せろ」

命じられる声に逆らうこともできず、私はおずおずと体を動かしうつ伏せになった。

……マクシム様の顔が見えなくても、チリチリと焼け付くような熱い視線を感じる。

ふいに腰の辺りに触れられ、思わずピクンと体が跳ねてしまい、ますます全身が熱くなった。

「……大丈夫そうだな」

そう呟くと、マクシム様は私の体を仰向けに戻す。そして大きく息を吐きながら、覆いかぶさるように私の全身を強く掻《か》き抱《いだ》いた。

「マ、マクシム様……」

「……どれだけ心配したか……。お前にもしものことがあれば、俺は奴らを全員殺していた」

(……え……、私のことを、怒っていたわけではないの……?)

腕の中で呆然としていると、マクシム様は私の首すじに唇を押し当て、熱い吐息を漏らしながら呻くように言った。

「賊に腕を引かれていくお前を目にした途端、怒りで頭が真っ白になった。危うく奴らを皆殺しにしてしまうところだった。……どうにか理性で踏みとどまったが」

そう言うとマクシム様は上体を少し起こした。

私の頬を優しく撫でながら至近距離からこちらをジッと見つめるマクシム様の瞳には、切実な想いが込もっていた。

「すまなかった、エディット。お前を危険な目に遭わせてしまって。……怖かっただろう」

「マクシム様……」

謝るようなことじゃないのに。マクシム様は何も悪くない。そう言おうと思ったけれど――

「もう大丈夫だ。道中片時も離れないと約束する。……もう二度と、お前をこんな目に遭わせはしない。……愛している、エディット」

「……んっ……」

彼の言葉と唇によって、私の声は押し留められた。

与えられた口づけは、これまでのどの時よりも激しく、そして深いものだった。

騎士服を身にまとったマクシム様の下で素肌をさらしたまま、私はその熱烈な口づけを必死で受け止める。何度も角度を変え、私の舌を絡めとるようにしながら、マクシム様の大きな手が私の腰を引き寄せ、背筋を擦り、髪を、耳を、くまなく撫でていく。

そうして与えられる刺激の全てに敏感に反応し、私の全身が甘く痺れた。

「ふ……っ」

悩ましげな吐息が私の唇から漏れた、その時。

「……すまない。つい夢中になった」

マクシム様は苦しげに眉間に皺を寄せると、ゆっくりと体を起こす。

「このまま続けていると、止められなくなりそうだ」

ぼうっとしてしまっていた私は、その言葉を理解した瞬間ますます真っ赤になってしまった。マクシム様はそんな私を見下ろしたままクスリと笑うと、もう一度私の頬を優しく撫でた。

「手当てをさせてくれ。その後、さっきの騒ぎの後始末に出てくる。お前はこの部屋から一歩も出るな。俺が戻ってくるまで、ここで待っていてくれ」

「は……はい」

私はワンピースを着直すとベッドサイドに腰かけ、マクシム様から手首と膝に手当てをしてもらった。

（……オーブリー子爵家にいた頃は、毎日のようにもっとひどい傷を負っていたんだけどな）

こんなかすり傷、わざわざ湿布したり消毒したりするようなものでもないと思ったけれど、マクシム様はそうしないと気が済まないようだった。

手当てが終わり、納得したらしいマクシム様は立ち上がると、「行ってくる」と言って私の髪をそっと撫でた。

部屋の扉まで見送り、その後ろ姿に向かって声をかける。

「いってらっしゃいませ、マクシム様。……あの……、ありがとうございました」

私がそう言うと、マクシム様は振り返り静かに微笑んだ。

その笑顔を見た瞬間、私の心臓はなぜだか大きく高鳴ったのだった。

第四章　乱れる心

「お帰りなさいませ、マクシム様、奥様」

あの騒動から数日後、久しぶりに帰り着いた屋敷では、フェルナンさんが丁寧に出迎えてくれた。

「留守中変わりはなかったか」

マクシム様が尋ねると、フェルナンさんははい、と答えこう言った。

「別邸より、またお手紙が届いてございます」

「母からか……。またエディットを連れて来いという催促だろう」

マクシム様のご両親である先代ナヴァール辺境伯ご夫妻から、来訪を催促するお手紙が届いていたらしい。私もずっと気になっていた。結婚してもう数週間。そろそろきちんとご挨拶に行きたい。

黙って見つめていると、視線に気付いたらしいマクシム様がこちらを見下ろして言う。

「数日休んだら両親の元へ向かうとしよう。俺もそれまでの間に急ぎの仕事を片付けておく。お前は無理して勉強ばかりせず、まずは旅の疲れをとるんだ。いいな」

「はい。分かりました、マクシム様」

素直にそう答えると、マクシム様は満足そうに微笑んだ。

私たちの会話が途切れたところで、フェルナンさんが再度マクシム様に声をかける。

「それから……、ダネル侯爵家のお方より、一度使いの者が来ました。訪問の許可を、と」

その言葉を聞いた途端、マクシム様の表情がかすかに曇った。けれどそれはほんの一瞬のことだった。

「わざわざ来たのか。なんと言った」

「現在巡回視察に行っておられ、お戻りについてはまだ定かではないと。使者はそのまま帰りました」

「……分かった」

フェルナンさんと淡々と言葉を交わす彼の様子を見ていると、さっき表情が変わったように見えたのは気のせいだったのかな、なんて思えた。

そしてそのダネル侯爵家という名が、私の頭に残った。マクシム様のお知り合いだろうか。

(辺境伯だもの。高貴なお知り合いの方もきっとたくさんいらっしゃるわよね。もしかしたら、近々ご訪問があるのかもしれない)

そう思い至った途端、胸がドキドキしてきた。

よその貴族家の方々をもてなすことになるのかも……。マナーの復習をしておかなくちゃ。


帰宅から二日ほど経った頃、視察中に街で購入した宝石たちがマクシム様の部屋に届けられた。改めて見ると、すごい数だ。

その中からマクシム様は一つのネックレスを手に取ると、私をそばに呼び寄せた。

「おいで、エディット」

「……あ、それは……」

マクシム様が手にしていたのは、あの日の黒瑪瑙《くろめのう》が施されたネックレス。私が初めてマクシム様にねだったアクセサリーだった。

「着けさせてくれ」

そう言うとマクシム様は、私の首すじに手を伸ばす。

距離の近さにドキドキしながら待っていると、彼は器用な手つきであっという間に着けてくれた。

「やはりよく似合っているぞ。鏡を見てみるといい」

「は、はい」

立ち上がり、姿見の前まで歩いていく。

おそるおそる鏡を覗いてみると、私の胸元に漆黒の石が飾られていた。存在感のある黒瑪瑙の周りは小さなダイヤモンドたちで美しく彩られ、たしかに私が着けていても違和感はなさそうだった。

いつの間にかそばに来ていたマクシム様が、背後から同じように鏡を見る。そしてさりげなく私を抱き寄せると、囁くように言った。

「お前は本当に綺麗だ、エディット」

「……マクシム様……。あ、ありがとうございます。大切にします」

恥じらいながらもそう答えると、マクシム様は鏡越しに優しく微笑んだ。

「ああ。この石が、お前に自信をくれるといいな」

彼のその言葉で、この石が持つ意味を思い出した。成功や、自信。……夫婦の幸福。

胸がじんわり温かくなり、勇気が湧いてくるような気がした。

「頑張りますね、私。たくさん勉強して、マクシム様のおそばにいても恥ずかしくない立派な辺境伯夫人を目指しますっ」

私がそう言うと、マクシム様はますます破顔し、私のこめかみに唇を寄せた。

「……参ったな。どうしてお前はそんなに可愛いんだ、エディット。片時もそばから離したくなくなるじゃないか」

その言葉に真っ赤になって狼狽《うろた》える私を、マクシム様は嬉しそうに見つめてくださっていた。

（頑張らなきゃ。私のことをこんなにも大切にしてくださる旦那様のためにも。もっともっとたくさんの知識を身に付けて、そしてもっと堂々と人前に立ち、優雅に会話ができるようになりたい）

マクシム様のおかげで私は俄然やる気がみなぎり、前向きな気持ちになっていた。

「エディット。お前にもう一つ渡したいものがある」

「……？　なんでございますか？　マクシム様」

戸惑う私をソファーに誘《いざな》うと、マクシム様は一旦私から離れチェストへ向かう。

何かを取り出して再びソファーへと戻ってきたマクシム様の手には、綺麗にラッピングされた小箱があった。

「開けてみろ。……気に入るといいのだが」

「えっ……」

（ま、まだ何か贈り物が……？）

おずおずと受け取ったその箱は、マクシム様が持っていれば小箱だったけれど、私がやっと両手で持てるくらいの大きさだった。ドキドキしながら包み紙を開いていく。

「……っ！　まぁっ……！」

中から現れたのは、とても精巧で繊細な作りの、美しいガラスの置物だ。それは開いた鳥籠の扉の上で、今にも大空へ向かって飛び立とうとするかのように翼を広げた小鳥のデザインだった。

「これも今のお前にぴったりだと思った。育った屋敷を出て、これから広い世界を知るお前に」

「……マクシム様……」

胸がいっぱいになり、涙で視界が滲む。マクシム様は私の頬に手を当て、呟くように言った。

「きっと素晴らしいことばかりだ。そうなるように、俺がそばにいる」

「……一生大切にします。ありがとうございます、マクシム様」

震える声でそう伝えると、マクシム様は苦笑した。

「大袈裟だな。安心しろ。もしも壊れたらまた買ってやるから」

そう言ってマクシム様は私の頬をそっと撫でる。

「……可愛い奴だ、本当に」

小鳥のガラス細工を大切に胸の前で抱え自室に戻った私は、化粧台の上にその小鳥をそっと置いた。

「まぁっ！　なんて素敵な……！　旦那様からの贈り物ですかっ？　エディット様」

ルイーズが目ざとく見つけてこちらへ寄ってくる。

「ええ。とても素敵よね」

「まぁ、本当に。なんて精巧な作りなのでしょう。可愛らしい小鳥ですわ。これはきっと、とても高価なお品ですわね……。お掃除の時などに不用意に触れてしまわないよう、気を付けなければ」

カロルもそう言って、まじまじとガラス細工を見つめる。

しばらく三人で目を輝かせて観賞していたけれど、ふと私の中にある疑問が湧く。

「……マクシム様はいつの間に、これをお求めになっていたのかしら」

「……それもそうですわね。視察中ほとんどずっとエディット様のおそばから離れずにいらっしゃったのに」

うーん……と三人で首を捻っていると、カロルが声を上げる。

「もしかして、あの時じゃございませんか？　エディット様。ほら、街の大通りを旦那様と散策なさった日の夜です。エディット様を休ませて差し上げたいからと、旦那様だけ夕方外出なさったじゃありませんか」

「……あ……」

そうだ、あの時。

疲れているだろうから少し休めとマクシム様が言ってくださって、私はベッドに横になった。そのまましばらく眠ってしまって……。

そういえばあの直前、合流したセレスタン様が、北側にガラス細工の店ができていたと話していたっけ。

私が眠った後、マクシム様はお一人でもう一度街に出て、そのお店を見に行ったのだろうか。そして私が喜びそうな贈り物を探して……？

そのマクシム様の姿を想像するだけでまた胸が熱くなり、頬が火照ってくる。

「うふふっ。本当に愛されていますねぇ、エディット様っ」

ルイーズの言葉にますます体が熱くなった。

幸せを噛みしめていた私だったけれど、その翌日。

ナヴァール邸を訪れた人物によって、私の心は大いに乱れることとなった。

◇　◇　◇

その日、マクシム様は午前中を屋敷でゆっくりと過ごし、執務室でお仕事をされていた。そして二人一緒に昼食をとった後、騎士団の詰め所に行ってくると言い、屋敷を出ようとした。

私はいつものようにお見送りをするため、マクシム様に続いて玄関ホールへと向かった。

「夜は遅くなるかもしれない。その時は俺を待たずに、先に休んでいろ」

「はい、分かりました。お気を付けて、マクシム様」

私がそう返事をすると、マクシム様はいつものように優しく微笑んだ。その笑顔に心臓がトクンと跳ね、むず痒い気持ちになる。

（……なんだろう。マクシム様の笑顔を見ると、最近妙にそわそわしてしまうわ……）

今も心臓がトクントクンと音を立て、なぜだかマクシム様が屋敷を出て行くのがすごく寂しいような気がしてしまう。

……変なの。ここに嫁いで来て以来、マクシム様は毎日のようにこうしてお仕事に行っているというのに。

フェルナンさんが玄関の重厚な扉を開け、外に出て行くマクシム様に続いて私も一歩踏み出した、その時だった。

（……？　お客様……？）

屋敷の門を、一台の立派な馬車が入ってくる。衛兵たちが通したところを見るに、それなりの身分の方で、なおかつマクシム様のお知り合いなのだろう。

「……もう来たのか……」

マクシム様がボソリとそう呟くと、軽く舌打ちをした。歓迎している風ではない。

……一体どなたなのだろう。

馬車が停まり、扉が開かれると、中から一人の女性が降りてきた。

マクシム様に「どなたですか？」と尋ねる暇もなかった。私は緊張して、姿勢を正す。

マクシム様に恥をかかせることのないよう、とにかく妻としてきちんと挨拶だけはしなくては
……！

その女性が顔を上げ、こちらを振り向いた瞬間、私は息を呑んだ。

（まぁ……、なんて綺麗な方……）

マクシム様と同じ色味の漆黒の髪は艶やかでとても長く、優雅に靡いている。

目の覚めるような鮮やかなサファイアブルーのドレスは胸元が大きく開き、その豊かで美しい体のラインを強調している。ドレスにはダークグレーやシルバーのレースが随所に施され、それはマクシム様の瞳の輝きにも似通った色味で、少し胸がざわめいた。

黒曜石のように艶めく大きな瞳は上品な猫のように吊り上がり、濃いめのお化粧がその華やかなお顔立ちにとてもよく似合っていた。背がスラリと高く、離れた距離で見ても私より頭一つ分くらい大きいのが分かる。

オーラ溢れるそのご令嬢は、堂々とした優雅な足取りでこちらへと歩いてくる。

（私とはまるで真逆だわ……）

マクシム様のことだけを見つめながらこちらに歩いてきた女性は、彼の目の前まで来るとしっとりとした声で名を呼んだ。

「……マクシム」

落ち着いた、それでいてほんのりと甘えるような響きを含んだその声に、私の心がまた少しざわつく。

「ケイティ……。落ち着いたら手紙を出そうと思っていたのだが」

マクシム様がそう言うと、ケイティと呼ばれたその女性は小首を傾げて微笑んだ。

「あら、いきなり来ちゃ迷惑だって言いたいの？　いいじゃないの、赤の他人じゃあるまいし。相変わらず愛想がないんだから。んもう」

そう言って拗ねたように唇を少し尖らせると、指先でマクシム様の胸の辺りをちょん、と突いた。

どうやら私が考えていたよりも、二人の距離はかなり近いみたい。

……一体、誰なんだろう。

これまで味わったことのない、形容しがたい焦りのようなものが、むくむくと湧き上がってくる。

マクシム様はふう、と息をつく。

「こっちにだって都合がある。今は忙しくしていると返事を出しても、再三手紙を送りつけてくるわ、こんな風に約束もなく訪問されるわでは困るだろうが」

「あなたがあまりにもつれないからよ。いいでしょう別に。邪魔はしないわ。あなたと話ができるまで、屋敷で大人しく過ごしているわよ。……もてなしてくださる方もいるみたいだしね」

そう言うとケイティ嬢は、初めて私に視線を向けた。漆黒の瞳を真っ直ぐに向けられ、思わず硬直する。

マクシム様はため息をつくと、渋々といった雰囲気で私を紹介した。

「……エディット。こちらはダネル侯爵家の令嬢ケイティだ。俺の母方の縁戚に当たる。……これが俺の妻のエディットだ、ケイティ。くれぐれも優しくしてやってくれ」

「あら、分かっているわよ。わざわざ念を押さなくても。……はじめまして。ケイティ・ダネルよ。どうぞ末永くよろしくね、エディットさん」

「っ！　は、はい……！　エディットです。どうぞ、よろしくお願いいたします」

ケイティ嬢の言葉に私も慌てて挨拶を返し、こちらに伸ばされた彼女の右手をそっと両手で握る。

するとケイティ嬢はもう一方の手を伸ばし、私の両手を握り返すと笑顔のままでグッと力を込めてきた。

（い、痛い……）

爪が少し食い込んでいる。骨を圧迫するほどの強い力を束の間感じたけれど、ここで顔を顰《しか》めるのは感じが悪いと思い、我慢した。

私が非力すぎるのよね。きっとこれくらいが普通なんだわ。

ケイティ嬢は振りほどくような勢いで私からパッと手を離すと、再びマクシム様の顔を見上げる。

「あなた、今からお仕事なんでしょう？　どうぞ気にせず行ってきてちょうだい。私なら大丈夫だから。あなたが帰ってくるまで、エディットさんとお茶でもしながらお喋りしているわ」

（っ！　お……お茶っ……）

初対面の女性と、お茶。マクシム様の親戚の方と……。

（緊張するなぁ……。粗相をするわけにはいかないわ。こんな娘、マクシム様の妻に相応しくない、なんて思われないようにしなくちゃっ……）

頭の中でそんなことを考えながらドキドキしていると、ふと、マクシム様の様子がおかしいことに気付いた。

マクシム様はケイティ嬢のことをジッと見つめながら、黙っている。その視線が、なぜだか厳しい。

ふいにケイティ嬢が楽しそうに笑った。

「ふふふ……やぁねぇ、何を警戒してるのよ。大丈夫だったら。あなたの妻となった方だもの。仲良くしていきたいと思っているのよ、私。……ね？　エディットさん。私とお喋りしてくださるでしょう？」

「あ、は、はい。もちろんですっ……」

ケイティ嬢から再び視線を向けられ、私は反射的にそう答えた。するとマクシム様は小さくため息をつき、私の肩にそっと手を添えた。

「しばらく留守にしていたから、急ぎの仕事だけは片付けておかねばならない。視察で確認した領内の問題点もまとめ、修繕箇所などもいろいろと手配しなくてはいけないからな。……エディット、できるだけ早く帰る。悪いが、ケイティの相手を任せてもいいか」

「はい。もちろんですマクシム様。お任せください」

マクシム様を見上げて笑顔でそう答えると、プッと噴き出す声が聞こえて、私は驚いてケイティ嬢を振り返る。

「やだ。ごめんなさい、つい。あまりにもぎこちなくてよそよそしいものだから。ふふ、可愛らしいわねぇ。まるでお見合いの席で会ったばかりの二人みたいよ。ふふふ」

（え……。そ、そうかな。私、そんなにマクシム様に対してよそよそしく見えるの……？）

笑われた恥ずかしさと、なぜだか少し馬鹿にされたような不快感に似た感情がじわりと湧く。それを慌てて押し殺していると、マクシム様がケイティ嬢に厳しい声を上げた。

「よせ、ケイティ」

「はいはい、分かってるってば。ごめんなさいね。エディットさんが初々しくて可愛らしいって言いたかっただけよ。心配しないで。あなたが留守にしている間に、ちゃんと彼女と仲良くなっておくから。だってあなたの大切な奥様なんですもの。ね？　マクシム」

そう言ってマクシム様に微笑みかける彼女の仕草はやっぱりとても親しげに見え、私は心にズシンと重りが下がったような妙な感覚がした。

（……？　どうしてこんなに暗い気持ちになるのかしら、私ったら……）

マクシム様の姿が見えなくなると、ケイティ嬢は私を置いてスタスタと屋敷の中に入っていく。

フェルナンさんが恭しくお辞儀をした。私も慌ててその後を追う。

すると彼女はこちらに視線を向けることなく、指先だけをヒラヒラさせ私をあしらった。

「ああいいのよ。お気になさらず。案内は必要ないわ。だってこのお屋敷のことはあなたより私の方がよく知っているんですもの。ずっと以前からね。……お久しぶりね、フェルナン」

「ご無沙汰しております、ケイティお嬢様」

フェルナンさんともよく知った間柄みたい。親戚というぐらいだから、何度もこのお屋敷にも見えたことがあるんだろう。

「荷物は三階の客間に運んでちょうだい。いいわよね？　エディットさん」

「っ！　あ……」

ケイティ嬢の指示で、彼女とともにやって来たと思われる使用人らしき人たちが、大きなトランクケースを運び込みはじめた。

是非を問われたけれど、私が返事をする前にケイティ嬢が命じ、彼らは階段を上がっていく。

「一番奥の客間がいいわ。私あそこが好きなのよ」

そう言う彼女に、私はおずおずと口を開いた。

「さっ、最近模様替えをしましたので……。お部屋の雰囲気が変わったから、もしかしたらお気に召さないかもしれませんが」

「……え？　替えたの？　何を？」

私の言葉を聞いたケイティ嬢がピクリと眉を上げ、鋭い目つきでこちらを見る。その迫力に、一瞬オーブリー子爵家の義姉妹たちを思い出し、思わず少し怯んでしまう。

「……えっと……、カーテンや絨毯などを。もう随分と古くなってきていたものですから。あとは、調度品もいくつか」

するとケイティ嬢ははぁーっと大きなため息をつき、玄関ホールを離れツカツカと階段を上っていった。

お客様を一人で行かせるわけにはいかない気がして、私も慌てて後を追う。

（……お客様……なのよね？　一応……）

それにしては随分とこの屋敷に慣れているし、そしてマクシム様との距離もすごく近い。まるで私のほうが余所者みたいだわ。

実際その通りなのだけれど、なんだか置いてけぼりをくらったような心細さを感じた。

「……」

「……お、お気に召しませんか……？」

指定した客間の入り口に立ち、腕組みをして部屋の中を見回しているケイティ嬢の表情は不貞腐れているように見え、私は不安になりながらおそるおそる尋ねる。

その問いに返事はせず、ケイティ嬢は私から離れゆっくりと部屋の中に足を踏み入れた。

「……ねぇ。客間の模様替えって誰が言い出したの？　マクシム？」

「いえ……。模様替えするよう言われていたわけではありませんが、もうここの女主人は私なのだから、好きなように飾ったり足りないものを買い足したりしていいとマクシム様が仰ったので……させていただきました」

すると私の言葉を聞いたケイティ嬢の顔がにわかに強張り、その勝ち気な瞳でギロリと私を睨みつけてきた。

「……っ？」

何か気に障ることを言ってしまったのだろうか。

そう思い不安になっていると、ケイティ嬢はツンとそっぽを向ききっぱりと言った。

「私全然好きじゃないわ、この部屋」

「……え……」

「なんだか妙に少女趣味だし、ナヴァール邸のイメージに合わないのよね。変に浮いているわ。まるでここだけ別の屋敷みたい。あなた、あまり趣味が良くないのね」

ケイティ嬢は私の心にグサリと突き刺さるような批判をしながら部屋の中を歩き、新調したばかりの鏡台に施された花柄の浮き彫りを指でなぞる。

そして小馬鹿にしたようにフッと笑った。

「これも安っぽく見えるわぁ。マクシムは模様替えした後のこの部屋を見たの？」

「……いいえ、まだ……。ずっとお忙しかったですし、巡回視察からも戻ったばかりなので……」

「そう。見たら嫌がるわよ、きっと。あなた、彼の趣味を全然知らないのね。勝手にこんな風に替えられちゃって、彼きっとガッカリすると思うわ」

容赦ない批判の言葉に、指先がすうっと冷たくなる。カロルやルイーズに手伝ってもらいながら楽しく模様替えをした日々が馬鹿にされたようで、胸がジクジクと痛む。涙がこみ上げそうになった。

すると私のほうを振り返ったケイティ嬢が、突然楽しそうに笑いだした。

「嫌だわ、そんな顔しないでくださる？　まるで私があなたを虐めているみたいじゃないの。そうじゃないのよ。ただね、私はあなたよりもマクシムのことをずっとよく知っているの。だからもし、これからあなたが困るようなことがあれば、私が手助けしてあげたいとそう思っているのよ」

そう言ってケイティ嬢は私のそばに戻ってくると、私の肩を軽く叩いた。

「気にしないで。あなたはここへ来たばかりなんだもの。失敗もたくさんするわよね。いいわ、私はここの部屋で我慢してあげる。……さ、下に降りましょうよ。お茶をいただきながら、あなたの話をいろいろと聞かせてくださる？　マクシムとの馴れ初めも聞きたいわ。ふふ」

（……私の気にしすぎかしら）

そう思うほど明るく微笑み、ケイティ嬢はまた私よりも先に立ち階下へと降りていった。

応接間に移動すると、私はカロルたちにお茶を準備するようお願いした。

「……あら。見慣れない子たちね。あなたが連れてきた侍女なの？」

「あ……いえ、彼女たちはマクシム様が雇ってくださった新しい侍女です」

「ふぅん……。あなたの専属侍女というわけ？」

「は、はい。マクシム様が、歳の近い侍女がいたほうが私が安心だろうからと……」

そこまで言ってハッとした私は、思わずケイティ嬢の顔色を見る。

すると案の定、彼女は不愉快そうな表情をしていた。

なんとなく分かってきた。どうやらケイティ嬢は、私がマクシム様に優しくされることや特別扱いされることが気に入らないらしい。

（でも、一体どうしてだろう……）

「それで？　あなたは一体どこでどうやってマクシムと親しくなったのかしら？　私本当に驚いたのよ。あのマクシムが、突然結婚したって聞いた時は。彼って女性に一切興味なさそうだったのに。……ね、どうやって近付いたの？」

（ち、近付いた、って……）

ケイティ嬢の言葉の節々に小さな棘を感じる。

カロルたちが運んできてくれた紅茶のカップを優雅な仕草で持ち上げた彼女は、たじろいでしまうほどの強い視線で私をジッと見据えてそう尋ねてきた。どう見ても、その視線の中に好意的なものは感じられない。私は萎縮しながらも答えた。

「……私の義妹のデビュタントの夜会でお声をかけていただきました。後日マクシム様のほうから養家に結婚の申し入れが」

私たちの両親が親しい間柄であったことや、子どもの頃にすでに私とマクシム様が出会っていたことなどは、なんとなくまだ話したくはなかった。

相手がケイティ嬢だからじゃない。ただ、マクシム様から教えられたその過去は、私にとってとても大切なものだったから。誰彼構わず簡単にひけらかしたくはなかった。

私の返事を聞いたケイティ嬢は、ふぅんとつまらなさそうに言った。

「……そう。マクシムからあなたに声をかけたの。意外だわ。なぜあなただったのかしら」

「……わ、分かりません」

そんなに私じゃ不満なのだろうか。なんだか尋問されているような気分になってきた。

「さっきね、マクシムとあなたが話しているのを見て、私違和感を覚えたのよ。随分ちぐはぐな二人だなって。だってマクシムってあの通り、とても素敵でしょう？　背が高くて顔立ちも整っていて、誰よりも強くてたくましいわ。あの若さで辺境伯の爵位を継いでこの広大な領地を切り盛りし、莫大な資産を蓄えて、私設騎士団を束ねてもいる。そのうえ何度もすごい武勲を立てていて、国王陛下の覚えもめでたい。そんな人よ。その辺の小娘と簡単に結婚なんかしないって、私そう思っていたわ」

「…………」

（それって……、私がその辺の小娘だって、言いたいのよね……？）

なぜこの人は、初対面の私に対してこんなに辛辣なのだろう。マクシム様にはああ言っていたけど、どう見てもこの人は私と仲良くする気なんてなさそう。

言い返すこともできずに見つめていると、ケイティ嬢は再びゆっくりと紅茶を飲んだ。

そしてツンとすました顔でカップを置くと、私に向かって微笑む。

「さっき義妹って仰ったけど、あなたのお育ちはどこなのかしら」

「……私は両親を早くに亡くし、遠縁に当たる子爵家に引き取られそこで育ちました。オーブリー子爵家です」

「まぁ……、そう。ご苦労なさったのね」

ほんの一瞬、ケイティ嬢の表情が和らぎ、私に対する労りのようなものを感じた気がした。

けれど、それは本当にほんの一瞬だった。

「あなたは、我がダネル侯爵家については当然ご存知よね？」

「……も、申し訳ございません。私は世間知らずで、まだいろいろと勉強をはじめたばかりの身でして……」

突然そう尋ねられて冷や汗が出る。

このリラディス王国にはいくつもの貴族家があり、その中でも政治の中枢を担ったり、莫大な資産や権力を有する高位貴族家がいくつか存在するということについては、多少習ってはいた。けれど、それらの勉強はまだほんの触りだけ。

何一つ知識を持たない私は、まだ世の中の仕組みについての大枠を学んでいる最中なのだ。それと並行して、マナーや、これから自分がここでやるべき仕事のことなど……。しかも一日の勉強時間は今のところそんなに長くない。

まさかこんなにも早く、自分の無知をさらして肩身の狭い思いをする日が来ることになるとは。

「……あなた、ご年齢は？」

「に、二十一です」

私が答えると、ケイティ嬢は目を丸くした。

「は？　私と同い年なの？　随分幼く見えるわねぇ。いくつか年下だと思っていたわ。二十一……。それなのにダネル侯爵家のことさえ知らないの？　……ふぅん。驚くわね」

ケイティ嬢は冷めた目で私を見ると、ご自分の生家について語りはじめた。

「ダネル侯爵家はね、建国以来の歴史を誇る由緒正しき家柄なのよ。代々の当主は王宮で大臣職を歴任しているわ。私の父は現宰相よ。それにね、近隣諸国から王女を妻に迎えた人だって、一族の中に過去何人もいたわ。分かるかしら？　各国との友好関係継続にも大いに貢献してきたというわけ。そして我が一族からはこの王国の王子と結婚した女性たちもいるのよ。この私だって、今の第二王子であるハワード殿下との婚約の話が出たこともあったわ」

「すっ……、すごいですね……」

ケイティ嬢の話を聞きながら、私は素直に感嘆の声を漏らした。目の前のこの方は特別な女性なのだということが分かった。

ケイティ嬢は私の反応に気を良くしたらしくフフンと笑うと、目の前の焼き菓子に手を伸ばした。

そしてとても上品な仕草でそれを口に運ぶと、しばらくしてまた口を開く。

「我がダネル侯爵家のことを少しでもご理解いただけて良かったわ。あなた、少し不勉強が過ぎるわね。曲がりなりにもナヴァール辺境伯夫人となったわけでしょう？　もっと社交界に関心を持ったらいかが？　今のままではいずれ、マクシムに恥をかかせることになると思うわ」

「……っ」

小さなマドレーヌを食べ終え紅茶を手に取るケイティ嬢から冷たい眼差しを向けられ、返す言葉もない。

マクシム様の恥となる。それは今の私が一番恐れていることだった。

……ううん、違う。もしかしたら私は今でも、マクシム様のご機嫌を損ねてオーブリー子爵家に返品されることを、最も恐れているのかもしれない……。

「お育ちになったその子爵家では、この国の貴族たちや歴史について学ばなかった？　あなた、どちらの学園に通っていらしたの？」

「……が、学園には通ったことがありません。私は昔から体がとても弱くて、ずっとオーブリー子爵家の屋敷の中で育ちました。……ですので、ろくに勉強もできないままで……。今、ようやく様々な勉強を始めたばかりなんです。……知識がなくて、不快な思いをさせてしまいました。申し訳ございません」

ケイティ嬢の漆黒の瞳に射抜かれると、まるで嘘を暴かれるようでビクビクしてしまう。オーブリー子爵夫妻に叩き込まれたこの言い訳を使うたびに、罪悪感で押しつぶされそうになる。

あまり納得した風ではないケイティ嬢だったけれど、小さくふぅん、と呟くと、それ以上突っ込んではこなかった。

そして唐突にこんなことを言い出した。

「……ねぇ、どうして私がハワード第二王子殿下と婚約しなかったか、分かる？」

「……えっと……、わ、分かりません……」

突然そんなことを聞かれても、私にはさっぱり分からない。

何か政治的な意味合いがあるということかしら。自国の王族に嫁ぐというのは、貴族家にとってとても名誉なことなのでは……？　それとも、ケイティ嬢は近隣諸国のどこかの王子様とでもご婚約なさったのだろうか。

また不快な思いをさせてしまうのではないかと必死で頭を回転させていると、ケイティ嬢は不敵な笑みを浮かべて言った。

「ダネル侯爵家の娘として、両親から王子殿下との婚約を告げられれば、一も二もなく従うのが当然というものよ。そうでしょう？　私自身にとってもこの上なく名誉なことだわ。……でもね、私は拒否したの。まだ十四歳だったわ。初めての両親への反抗だった。父にぶたれ、母には泣かれた。それでも、私は絶対に首を縦には振らなかったの。父は私の意志を無視して、問答無用でハワード殿下との婚約を結ぼうとした。でもね、その時私は言ったの。もしも婚約が成立すれば、私は自害します、と」

「……っ！」

衝撃的なその言葉に、私は硬直した。ケイティ嬢はそんな私を見てクスリと笑う。

「私の意志の強さを、両親はよく分かっていた。悟ったのでしょうね。私の言葉が虚言ではないことを。結局、両親は諦めたの。私を王子殿下に嫁がせることをね」

（す……すごい……）

たしかに、この人の漆黒の瞳にはほとばしるような強さが宿っている。見つめられれば思わず萎縮してしまうほどに。

「幼い頃から、何一つ弱音を吐かずにやり遂げてきたわ。どんなに勉強がつらくても、遊ぶ時間がなくても、睡眠時間が足りなくても、私はいつも意志の力でやり遂げてきた。……そんな私が、心に決めていたのよ」

そう言うとケイティ嬢は、真正面から私の瞳を見据えきっぱりと言い放った。

「私は必ずマクシムと結婚するって。マクシムのことが好きなの。子どもの頃から、ずっとね」

（…………え…………？）

その言葉に心臓が痛いほど大きく脈打ち、頭の中が真っ白になる。ケイティ嬢の視線に捕えられ、私は身動き一つできなくなった。

（ケイティ嬢は、マクシム様のことをお好きなの……？　こんなに美しくて、特別な女性が……？幼い頃から、ずっと……）

私の動揺を見抜いたかのようにゆっくりと微笑むと、ケイティ嬢は足を組み、毅然とした態度で言った。

「自信があったの、私。この私なら、マクシムにとって最高の妻になれるって。幼い頃から己の全てを磨き上げてきたわ。美貌も、知識も、マナーもダンスの腕前も、社交性も何もかもよ。全てはマクシムのため。彼にとって最高の妻となるためだけに頑張ってきたの。そしてマクシムならきっと、私のことを選んでくれると思ってた。だけど……あなたと出会ってしまったのよね」

そう言ったケイティ嬢の瞳には、私への敵意が満ちていた。そしてその強い視線で射抜いたまま、私に問いかける。

「あなたはどう思う？」

「……え……？」

「ご自分のほうがこの私よりもマクシムに相応しいと、自信を持って言える？　あの立派な殿方に、自分のほうが相応しいと」

「……っ」

「あなたはご自分が、この私よりも勝《まさ》っているとお思い？　私よりも彼の役に立てると、彼をいついかなる時でも支えていけると、そう思う？　……悪いけど、私は少しもそう思わないわ。今日はそれを確かめに来たのよ。マクシムの妻となった女性がどれほど素晴らしい方なのかを、この目で確かめるためにね」

その言葉に、指先がすうっと冷たくなっていく。敵意に満ちたその目には、私への失望と怒りがありありと見てとれた。

「自分の目で確認して、長年の恋心に踏ん切りをつけるつもりでいたの。うちの父がこれまで幾度も私との婚約を打診していたのに、それを断り続けたあのマクシムが、私の他にも素晴らしい縁談が数々あったあのマクシムが、ついに選んだ人。きっと私などはるかに及ばない素晴らしい淑女なのだろうと、そう思っていたの。だけど……全然違ったわ」

軽蔑の眼差しに心が震え、私は思わず目を伏せた。

自分でもよく分かっている。こんなに非の打ち所のないご令嬢と私とでは、あまりにも差がありすぎる。

（マクシム様……。どうして私なんかを選んだのですか……？）

こんなに素晴らしい女性がそばにいながら。よりにもよって何一つ取り柄のない、世間知らずで情けない、こんな私を選ぶだなんて。

気持ちがどんどん萎《しぼ》んでいく。そんな私に追い打ちをかけるようにケイティ嬢が言った。

「私は認めないわ。あなたはマクシムに相応しくない。私に勝《まさ》ったところなんて何一つなくて、自分に自信も持てず、そんな風に気弱に目を逸らして。見苦しいわ。……諦めないから、私」

彼女の言葉の一つひとつが、容赦なく私の胸に突き刺さる。間違ったことを言っていないから、何も言い返せない。

ケイティ嬢はそんな私に向かって、まるで苛立ちをぶつけるように言った。

「マクシムを取り返すわ。あなたから。あの人もきっとすぐに目が覚めるはずよ。あなたなんかよりこの私のほうがいいって。……諦めないから、絶対に」

ケイティ嬢は俯く私の顔を覗き込むように顔を近付けると、とどめを刺すように囁いた。

「彼への愛の強さでさえ、私のほうが勝ってるわ。私には彼しかいない。全身全霊で大好きなの。でも……、あなたはマクシムのこと、そんなに好きじゃないでしょう？」

（――――っ!!）

ハッとして思わず顔を上げると、ケイティ嬢が再び言った。

「諦めない。マクシムの気持ちを私に向けてみせるわ」


その夜。

マクシム様が帰宅すると、私たちは三人で夕食をとった。

「結局遅くなってしまってすまなかった、エディット。……何をして過ごしていたんだ、二人で」

「ふふ。嫌ねぇ。どうしてそんな尋問するような口調でこちらを見るの？　心配しなくても、ちゃんとエディットさんとは親しくなったわよ。お二人の馴れ初めのことや、新婚生活のこと、いろいろと聞いたの。ね？　エディットさん」

無駄のない動きで目の前の牛フィレ肉にナイフを入れながら、ケイティ嬢がマクシム様にいたずらっぽく微笑みかけた後、私に向かってそう言った。そんな仕草の一つひとつが様になっていて、私の気持ちはさらに沈んでいく。

「どうした、エディット。今日は全然進んでいないじゃないか。野菜ばかりつつかず、ちゃんと肉も食べるんだぞ。まだまだお前の体は細すぎるぐらいなのだから」

「は……はい」

食欲が湧かずサラダばかりをチビチビと食べていた私に気付き、マクシム様が目ざとくそう言う。

するとすかさずケイティ嬢が笑った。

「やだ、マクシムったら。まるで年端も行かない女の子に向かって話しかけているみたいよ。ふふふ……あなたたちって本当に、夫婦や恋人というよりは、保護者と子どもみたいだわ」

（……保護者と、子ども……）

情けなさと恥ずかしさでいっぱいになる。ケイティ嬢の言葉は私の劣等感を刺激するものばかりだった。

するとマクシム様は、ケイティ嬢をたしなめるように言う。

「よせと言っているだろう、ケイティ。誰になんと言われようと、俺とエディットはれっきとした夫婦だ。彼女を困らせるな」

（……マクシム様……）

間髪入れずに私を庇うようなことを言ってくださるマクシム様に、思わず涙が込み上げそうになる。

けれど頭の中ではケイティ嬢の言っていることが正しいと分かっているから、余計につらい。

ケイティ嬢ははぁい、と言うと、マクシム様を見つめて蠱惑的な笑みを浮かべた。

「あなたって本当に優しいのよねぇ。見かけによらず」

「見かけによらずは余計だ」

「あら、本当のことでしょう？　これまでの数々の戦果に加えてその威圧感のある容姿だからこそ、王国中の人たちに恐れられているんじゃないの。氷の軍神騎士団長様」

「うるさい。お前まで俺を妙な二つ名で呼ぶな」

「ふふ。気にしてるの？　大変よね。どこへ行っても怯えられちゃって。でもここの領民たちは、ちゃんとあなたを慕っているのでしょう？　分かる人には分かるのよね」

二人の軽妙な会話に入っていけるはずもなく、黙ってレタスをフォークで刺しながら、私は暗い思考の渦の中に入り込んでいた。

（マクシム様には以前から、そんなに畏まるなと何度も言われていた……。夫婦なのだから気楽に、と。もしかしたらマクシム様は、こんな風に軽口を叩いたり気軽に楽しく会話ができるお相手のほうが好きなのかもしれない……）

随分慣れてきたとはいえ、私はやはりいまだにマクシム様に対して固い口調になってしまったり、不機嫌になってはいないかと顔色を窺ってビクビクしたりしてしまうことがある。

私の中にいまだ根深く残っている、オーブリー子爵夫妻のあの恐ろしい顔があるからだ。機嫌を損ねるな、言うことは全て聞け、絶対に返品されるな。

……ここに嫁いでくる前に何度も何度も頭に叩き込まれたあれらの言葉は、今も私のことを縛り付けている。

二人の会話はまだ続いていた。

「どうでもいい、世間の評判など。俺は自分のやるべき仕事を全うし、領民たちの生活を守っていくだけだ」

「ふふ。そうよね。あなたってそういう人だもの、昔から。周りの評価なんて気にしない。ただ自分を高めることにだけ心血を注ぐ。素敵よ、あなたのそういうところ」

マクシム様に向かって微笑みかけながらそう言ったケイティ嬢は、ふいに私のほうに視線を滑らせる。

「私は誰よりもあなたのことを理解しているわ、マクシム」

(…………っ)

その言葉は明らかに私へと向けられたもので、私はもうそれ以上食事を続けることができなかった。

その後の食事の席では、ほとんどケイティ嬢とマクシム様の二人が話し続けていた。

マクシム様は時折私の様子を気にかけてくれていたけれど、私は上手に返すこともできずに曖昧な笑みを浮かべた。

「明日には帰るのだろう、ケイティ」

食堂を出てそれぞれの部屋に戻りながら、マクシム様がケイティ嬢にそう話しかける。

「あら、あと数日いいじゃないの。王都のタウンハウスからはるばる来たのよ。もう少しゆっくりさせてちょうだいよ。ね？　エディットさん。明日もあなたとお喋りしたいわ」

ケイティ嬢の言葉に、マクシム様がため息をつく。

「今回は早めに帰ってくれ。巡回視察から戻ったばかりで俺は山ほど仕事が溜まっているし、近日中にエディットを連れて南方の別邸に行かねばならない」

「あら、おじさまとおばさまのところへ？　いいわね、私も久しぶりにお会いしたいわ。ご一緒しても良くて？」

親しげなその口ぶりにますます気持ちが沈む。

……きっとマクシム様のご両親も、この方のことを気に入っていらっしゃるのだろう。そしてこんな方がマクシム様の妻となってくれたら、と願っていたはずだ。

（それなのに……私なんかがご挨拶に伺ったら、どれほどガッカリされることだろう……。いくら旧友の娘だといっても、こんなできそこないじゃ……）

二人に続くように階段を上りながら、私はどんどん後ろ向きなことばかり考えはじめていた。

マクシム様は強い口調でケイティ嬢に言う。

「ダメだ。今回はエディットを初めて両親に紹介する大切な訪問だ。二人だけで行く」

「まぁ。冷たいのね。でもいいわ。また改めて伺うことにするから。おじさまもおばさまも、私が行けばきっといつものように喜んでくださるわ」

そんな会話を聞いているうちに、私とマクシム様の寝室がある二階へとたどり着いた。ケイティ嬢の客間は上の階にある。

「じゃあおやすみなさい、マクシム、エディットさん。……あなたも、人のことばかり気にしていないでしっかり休まなくてはダメよ。お顔に疲れが出ているわ。ね？」

私たちにそう挨拶をしながら、ケイティ嬢はマクシム様の目の前に立ち、小首を傾げるような仕草で彼のことを見上げている。少し離れたところから二人のその姿を見ていた私は、思わず息を呑んだ。

二人があまりにもお似合いだったからだ。

大きくてたくましい体躯のマクシム様のそばに立っていても少しも見劣りしない、スラリと背が高く凹凸のくっきりとしたケイティ嬢の美しい容姿。互いの漆黒の髪色も相まって、とても釣り合っている。勇猛な美丈夫といった雰囲気のマクシム様に、大人びた色気たっぷりのケイティ嬢。

まるで絵に描いたような、華やかな二人。

鋭利な刃物で心臓を深く裂かれたような痛みを感じる。

「ああ。ではまた明日な。……おいで、エディット」

マクシム様はケイティ嬢からすぐに離れ私の元にやって来ると、背中に手を当ててエスコートするように歩き出す。

「言い忘れていたわ。結婚おめでとう、マクシム、エディットさん」

後ろから声をかけられ、少し振り返る。

ケイティ嬢の強い瞳が、私のことを射抜いていた。


また後でなとマクシム様に声をかけられ、私は自分の部屋に戻った。

「随分と気の強いお方でしたね。……大丈夫ですか？　エディット様。どうぞ、あまりお気になさらず」

「そうですよっ。誰がなんと言おうと、旦那様の奥方はエディット様です！　自信を持ってくださいませっ！」

私の湯浴みや寝支度を手伝いながら、カロルとルイーズが励ましてくれる。二人はお茶の席でずっと応接間の片隅に控えていたから、私たちの会話は全て聞こえていたのだろう。

「……ええ。ありがとう二人とも」

そうは言ってもらえても、あのケイティ嬢と自分を比べて自信など持てるはずもない。マクシム様と結婚して以来、今日ほど自分のことを情けなく思った日はなかった。

早めに支度を整え、私は急いで夫婦の寝室に入った。マクシム様の姿はまだない。

ホッとしながら、私はすぐにキングサイズのベッドに潜り込み、端のほうに身を横たえると壁を向いて目を閉じた。

しばらくすると、マクシム様の部屋側の扉が音を立てた。私は目を瞑ったまま、静かに呼吸を繰り返す。

「……エディット」

ベッドのそばまでやって来たらしいマクシム様が、吐息のような小さな声で私の名を呼ぶ。返事をしない私を、眠っていると思ったのだろう。

マクシム様はベッドが揺れないように、静かにゆっくりと中に入ってくる。私の真後ろが沈み込む感覚がした。

まるで壊れ物を扱うように、私の首の下におそるおそるそうっと、マクシム様の堅い腕が差し入れられる。そして私の背にピタリと体を寄せると、静かに頭にキスを落とした。

「……愛している、エディット。……お休み」

ほんのかすかなその声に、私の瞳から突然涙が溢れた。

背を向け眠ったふりをしたまま、必死で声と震えを押し殺す。

マクシム様の優しさがつらい。

この人は、どうして私を選んでくれたんだろう。両親同士の絆があるから？　責任感から、私を娶ってくれたのだろうか。

私はどうしてこうなんだろう。どうすれば、もっと強くなれるんだろう。

マクシム様には、ケイティ嬢のほうがはるかにお似合いなはず。

……私は、捨てられるのかしら。近い将来、マクシム様と離れることになる……？

思考がぐちゃぐちゃに入り乱れ、胸が張り裂けそうだった。マクシム様のおかげでわずかに芽生えかけていた自信のようなものは、もう粉々に砕け散っていた。

どうしてこんなに苦しいのか。

なぜマクシム様とケイティ嬢がお似合いだと感じた時、あんなにも胸が痛んだのか。

マクシム様の元を離れ、ここを去らなければならない日が来るかもしれない。

そう思うだけで、なぜこんなにも悲しくてたまらないのか。

この時の私は、まだその答えが分からずにいた――

《了》

あとがき

はじめまして。鳴宮野々花です。

このたびは【家族に愛されなかった私が、辺境の地で氷の軍神騎士団長に溺れるほど愛されています】の一巻をお手に取っていただき、誠にありがとうございます！

こちらの作品は私にとって、とても思い入れの深い作品です。忘れもしません、ある夜ふと「虐げられて育ったか弱いヒロインがめちゃくちゃ強い騎士団長に溺愛されて、成長しながら最高に幸せになっていく王道ストーリーが書きたい……！」と思いたち、その翌朝から夢中になって書きはじめた物語です。自分の「好き」を詰め込んだため筆が止まらなくて、書いている間ずっと気持ちが高揚していたのを覚えています。

今回サーガフォレスト様から書籍化のお声がけをいただき、しかも「あと十二万文字ほど加筆を……」と言っていただいた時は飛び上がりました。書ける書ける！　あんなエピソードもこんなエピソードも、たっぷり追加させていただきますとも……！　と、ウキウキしながら執筆に取りかかりました。

両親を亡くし縁戚に当たる子爵家に引き取られたエディットは、ひどい虐待を受けながら屋敷の中に閉じ込められて育ちます。

外の世界のことを何も知らない、気弱で怖がりで、可哀想なエディット。

そんな彼女は〝氷の軍神騎士団長〟の異名を持つ、王国最強の男マクシムに望まれ、辺境の地へと嫁いで来ます。

筋骨隆々な上に無骨で無愛想なマクシムにすっかり怯えきっているエディットは、なかなかマクシムと打ち解けることができません。マクシムはマクシムで、エディットにメロメロなくせにそれが全然表に出せない……！

マクシムの顔色をうかがってばかりのエディットと、愛情を器用に伝えられないマクシム。なかなか近付かない二人の距離が、きっと読者の皆様の目にはもどかしく映ったであろうと思います。

否定され続けて生きてきたエディットは自分の全てに自信がなく、マクシムの揺るぎない愛にも、自分が彼の隣に並んで立つことにもまだまだ尻込みしています。

けれどそんな彼女なりに、マクシムの妻として相応しい人間になろうと、少しずつ勇気を持って前に進んでいく……。そんなエディットの強く成長していく姿を、二巻ではしっかり描いていきたいと思っております。

書籍化にあたり、この物語をウェブ上で連載していた時にはいなかった新たな登場人物たちを描くこともとても楽しかったです。一巻ではその中の一人、マクシムとエディットの仲を脅かす（？）存在となるケイティが登場しました。彼女が現れたことで、せっかく自信の欠片のようなものを身に付けはじめていたエディットの心が折れかかってしまう……というシーンでこの一巻は終わりましたが、これからどうなっていくのか、エディットは今後どれほど強く成長していけるのかを、どうぞ引き続き二巻で見守っていただけると嬉しいです。

今回イラストを担当してくださった春海汐先生に、心から感謝いたします。エディットの可憐さや健気さを、マクシムの強さとたくましさと色気を、そして二人を取り巻く登場人物たちをこんなにも素敵に表現していただき、ラフ画を拝見した時から感激に悶えておりました。幸せです。ありがとうございます！

また、担当編集者様、出版に携わって下さった皆様、本当にお世話になりました。不慣れな私の細々とした質問に丁寧にお答えいただき、ここまで導いてくださいました。ありがとうございます。二巻も引き続きよろしくお願いいたします。

ウェブで連載している時から応援してくださっていた読者の皆様、そしてこの本をお手に取ってくださった皆様へ、心からの感謝を込めて……本当にありがとうございます!!

また二巻でお会いできますように。

鳴宮野々花

～半年後の離婚までひっそり過ごすつもりが、趣味の薬作りがきっかけで従者や兵士と仲良くなって毎日が楽しいです～
妹に結婚を押し付けられた
手違いの妻ですが、
いつの間にか辺境伯に
溺愛されてました
瑞貴
illust.
楠なわて
1～2巻発売中！
©Mizuki

冒険しない私の異世界マニュアル
The Otherworldly Manual for My Non-Adventurous Life
有沢ゆう
ill. フジタ
1巻発売中!
©Yu Arisawa

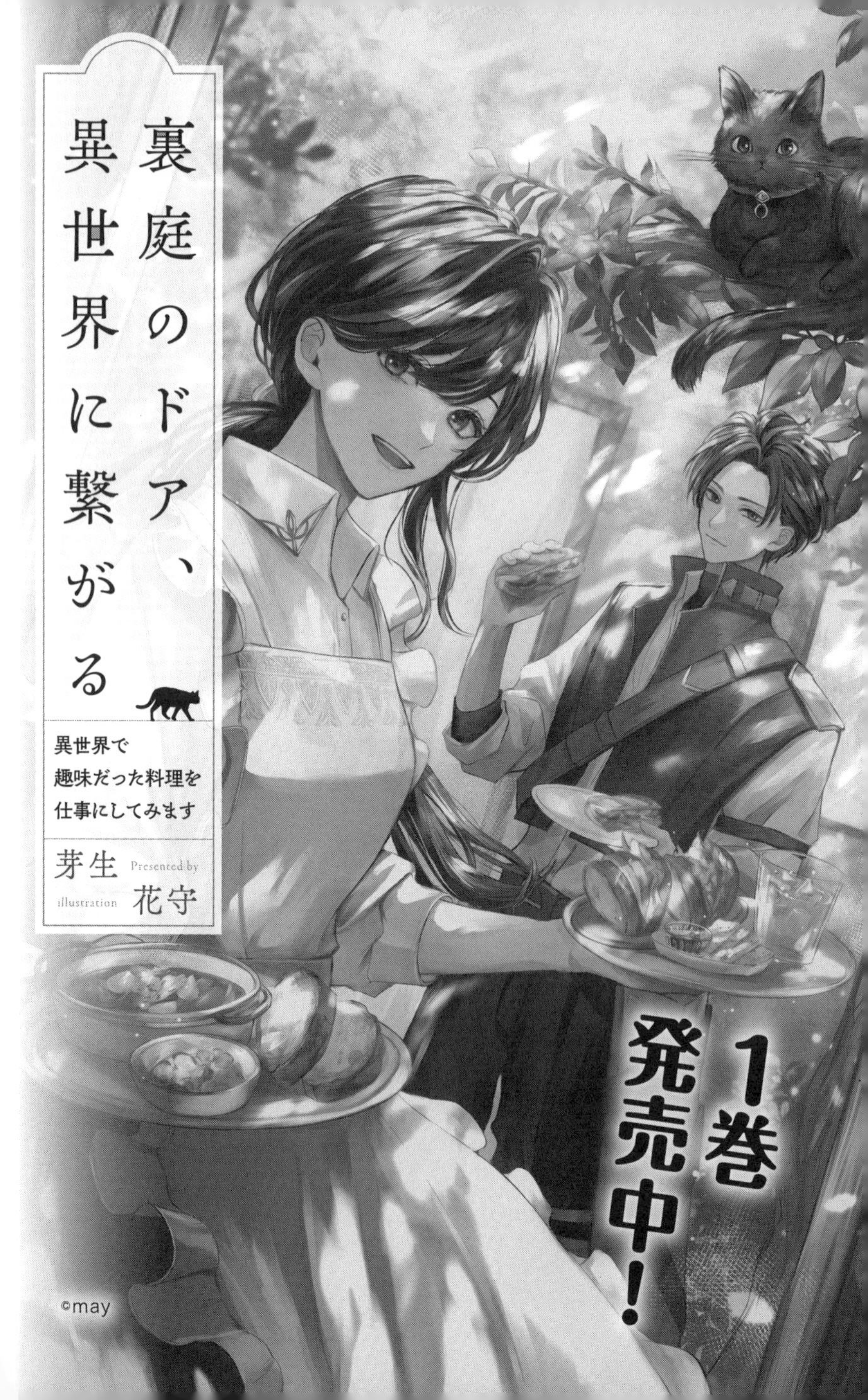
裏庭のドア、異世界に繋がる
異世界で趣味だった料理を仕事にしてみます
芽生 Presented by
illustration 花守
1巻発売中！
©may

元農大女子には
悪役令嬢はムリです！
早田結
ill.桶乃かもく
婚約破談から始まる
何も知らない
転生リケジョと
ベタ惚れ
残念王子の
溺愛ロマンスファンタジー！
1～3巻発売中！
©Yuu Hayata
Motonodaijoshi niwa akuyakureijo wa muridesu!

公女殿下の参謀様
〜危険の　と呼ばれて
忌み嫌われて殺されかけた僕は、
復讐のために帝国に抗い続ける
属国の公女殿下に
参謀として取り入った結果、
最高の　せを手に入れました〜
サンボン
sammbon
illust. 大河
1〜2巻発売中！
私のすべて、参謀様《あなた》に委ねるわ
©sammbon

やり直し公女の魔導革命
処刑された悪役令嬢は滅びる家門を立てなおす
二八乃端月
illustration YOHAKU
1～3巻発売中！
©二八乃端月

家族に愛されなかった私が、辺境の地で氷の軍神騎士団長に溺れるほど愛されています 1

発　行

2025年1月15日　初版発行

著　者

鳴宮野々花

発行人

山崎　篤

発行・発売

株式会社一二三書房

〒101-0003　東京都千代田区一ツ橋 2-4-3 光文恒産ビル

03-3265-1881

印　刷

中央精版印刷株式会社

作品の感想、ファンレターをお待ちしております。

〒101-0003　東京都千代田区一ツ橋 2-4-3 光文恒産ビル

株式会社一二三書房

鳴宮野々花 先生／春海汐 先生

Printed in Japan, ISBN 978-4-8242-0341-0 C0093

※本書は小説投稿サイト「小説家になろう」（https://syosetu.com/）に掲載された作品を加筆修正し書籍化したものです。